大叔

我们终于可以聊聊走过的路

马家辉 著

SPM 南方传媒 | 花城出版社

中国·广州

图书在版编目（CIP）数据

　大叔：我们终于可以聊聊走过的路 / 马家辉著. ——
广州：花城出版社, 2022.4
　　ISBN 978-7-5360-9675-2

　　Ⅰ.①大… Ⅱ.①马… Ⅲ.①散文集 - 中国 - 当代
Ⅳ.①I267

中国版本图书馆CIP数据核字（2022）第019425号

合同版权登记号：图字 19-2021-074 号

出 版 人：张　懿
特邀编辑：孙文霞　刘文文
责任编辑：殷　慧
技术编辑：林佳莹
装帧设计：棱角视觉 ANGULAR VISION

书　　名　大叔：我们终于可以聊聊走过的路
　　　　　DASHU WOMEN ZHONGYU KEYI LIAOLIAO ZOUGUO DE LU
出版发行　花城出版社
　　　　　（广州市环市东路水荫路 11 号）
经　　销　全国新华书店
印　　刷　北京盛通印刷股份有限公司
　　　　　（北京市北京经济技术开发区经海三路 18 号）
开　　本　880×1230 毫米　32 开
印　　张　9.5 印张
字　　数　228，000 字
版　　次　2022 年 4 月第 1 版　2022 年 4 月第 1 次印刷
定　　价　56.00 元

目录

Side B
那些年我们正年轻

贰 | 嘈切

Side A
减法生活

Side B
最美好的时光机器

叁 行旅

Side A
记忆深处的几抹异色

Side B
湖山还是故乡好

肆 | 迷乱

Side A
那人那事

Side B
银幕记忆

壹 一

Side A —　　　家，总有珍惜的理由

自 1841 年以来，一代又一代的香港人因为不同的理由从四面八方移居至此。

在"借来的时间，借来的空间"里，求生存，觅生路，面对变动不安的环境，还有什么比家庭更能凭借依靠？

家，是生活的资源，亦是精神的寄托；家，既是梦想，亦是现实。

此之所以许多香港男子被父母取名家辉，有地位或无地位，有财富或无财富，都一样，家在名上，家在心里，不可无家。

家：总有珍惜的理由

大概是八九岁的时候吧，也可能是只有六七岁，记不清楚了，然而那一天的惊慌、恐惧、难过，依然强烈地在心里纠缠、盘桓，仿佛那一天至今仍未过去。漫长的一日，漫长的惊吓，漫长的失败的告别。

那一天是中午时分，星期日，如常的一家五口到湾仔的英京酒饮茶，如常的在回家的路上父母亲有了口角，不如常的是这回吵得特别厉害，还动了手，一切发生得那么出人意料。母亲抱着我妹妹，和父亲走在前头，我和姐姐慢吞吞地跟在后面，我应该是在一边走路一边翻读《儿童乐园》之类的漫画。突然，我母亲"哇"地惨叫一声，我抬头望去，见她用右手掌抚着脸颊，左手仍然抱着妹妹；我父亲站在她身边，瞪目蹙眉，一脸怒容。

我母亲也非省油的灯，挥拳抡向我父亲的肩臂，两人一阵拉扯，我妹妹哭了，我母亲哭了，我姐姐哭了，我也哭了。我父亲有没有哭，我忘记了。但清楚地记得我母亲扭腰转身，抱着我妹妹穿越电车轨道冲到对街，剩下我父亲、我、我姐姐，一大两小，站在庄士敦道街头手足无措。庄士敦道的名字跟溥仪的老师 R. F. Johnston 无关，而是纪念十九世纪的英国驻中国商务第一副监督 A. R. Johnston，他曾经担任香港英治时期的副总督。

我母亲回娘家去了。其实她并没有真正的娘家可归，我外公外婆租住在一栋房子里的一个狭窄房间，只容得下一张上下铺床，所以她只能投靠她姐姐，即我姨母，她一家五口住在新界区的政府公共房屋，三十平方米的小单元，勉强可让她和我妹妹借居一阵。而这"一阵"，大约三四天的日子，于我恍如漫无止境的无助岁月，在轩尼诗道的家里等待，等待，再等待，等待我母亲的归家身影。轩尼诗道以第八任港督 John Pope Hennessy 命名，跟干邑洋酒无关。

那三四天是我首回实实在在地体会到"家"的意义，或该说，体会到"家之毁散"的意义。五口之家顿变三口，我父亲中午到报社上班，深夜始回，我和姐姐相依为命，一天跟我母亲通一两通电话，寥寥数语，挂上话筒后比通话前更觉凄凉。在那几天里，我父亲问过我和姐姐两回："如果爸妈离婚，你们选择跟谁生活？"我没听见我姐姐如何回答，我心里的答案则是"妈咪"，然而不敢对我父亲直说，只是支支吾吾，回避不说，而他也没追问。

那恐怕是我生平唯一一次从我父亲的眼里窥见哀伤。他的眼神，如此灰暗，如此无奈，如此不知道如何是好。一家三口，愁眉相对，家仍是家却又家不成家，人事成毁，竟是可以如此把你杀个措手不及。

到了第四天，事情终于有了转机。中午时分我父亲跟姨母那边通了电话，然后兴高采烈地对我和我姐姐说："换衣服吧，我们去接妈咪！"三个人出门，搭车，搭船，再搭车，在那年头从港岛去一趟新界，天长地久，交通缓慢得似遥无止境的西行取经。这一天，我的脑海影像由三组片段组成。第一组是车船上的雀跃心情，望向窗外，海浪、树影、山崖飞快地在眼前闪过，阳光不一定明媚，但我心里认定了是阳光明媚。第二组是踏进我姨母家门，我母亲满脸尴尬，我父亲亦满脸尴尬，我姨母和姨父则在叽叽喳喳地说着话，气氛像节庆团聚，又不似节庆团聚。

第三组影像是在高高的天上。我父亲带大家到荔园游乐场玩耍，坐上摩天轮，那年头规管不严，一家五口挤坐在一个小铁箱似的座椅上，铁箱从低往高爬升，缓缓地，缓缓地，差不多爬到顶点，朝下回转降落，缓缓地，缓缓地。后来的速度便越来越急、越来越快，两圈、三圈、四圈，摩天轮高速转动，风声在耳边呼啸鸣响。我非常害怕，但无法确定是因为恐惧于高度，抑或是担心当轮子停定，我们踏出座椅，这个五口之家将再度崩析离散。人在高处，我既快乐，亦感到不安全，在往后的日子里，我有畏高焦虑症，如果你说跟这童年经验截然无关，我是不同意的。

"家"之铭印说来从我出生以来已经牢牢附着。我叫什么名字？家辉嘛，家辉，家之光辉，为家求取光辉，替家发扬光辉。我姐姐叫作嘉丽，我妹妹叫作嘉慧。嘉与家，音同字不同，身为儿子的我从呱呱落地的一刻开始已须替家承担责任。香港常有所谓"狮子山下精神"，意指具备刻苦耐劳的拼搏精神，而且懂得灵活变通，所以才成全了香港的经济和社会成就。但其实，"狮子山下精神"的另一项关键元素是重视家庭，即广东人所谓的"顾家"。自1841年以来，一代又一代的香港人因为不同的理由从四面八方移居至此。在"借来的时间，借来的空间"里，求生存，觅生路，面对变动不安的环境，还有什么比家庭更能凭借依靠？家，是生活的资源，亦是精神的寄托；家，既是梦想，亦是现实。此之所以许多香港男子被父母取名家辉，有地位或无地位，有财富或无财富，都一样，家在名上，家在心里，不可无家。

可是说来有点荒唐，却又是真实的事情：我母亲同样是"顾家"的女人，但，至少据她自己说，她之所以在众多男朋友里选择我父亲，关键理由正在于我父亲在结婚以前没有家。我父亲是独生子，我祖父亦是独生子，我父亲十六岁丧父，十七岁丧母，承继过来的财产或输掉了，或被骗了，孤身一人，"马死落地行"，辍学打工，在报社做小记者、小编辑。父亲认识我母亲后，追求她。但追求她的男子不止他一人，他求婚，她犹豫未定，左盘右算，最后，终于，点头答应。因为一来她若拒绝，以我父亲的刚烈性情，想必日夜借酒消愁，自暴自弃，她不忍心毁了这样的一个男子；二来呢，我母亲像做投资买卖般用心琢磨了一下"性价比"，认定我父亲无亲无故，嫁给他，最大"收益"是不必看婆婆公公的脸色，而她向来豪放不羁，口头禅是"不怕官，最怕管"，非常痛恨受到管束，所以，尽管我父亲无车无房，却终能夺得他渴求的爱情锦标。

成家后的我父亲，不负我母亲的期望，给了她极大的自主自由，马家一直女权至上，由我母亲当家做主。若干年后她把我外婆外公接来同住，家里亦常出现伯婆（我外公的大嫂）、叔婆（我外公的弟妇）、姨婆（我外婆的妹妹）、太婆（我外公的后娘）等女性长辈，或借居数月，或暂住数年。我母亲来者不拒，既是因为"顾家"，也是贪图她们能够帮忙做家务，让她可以经常出门打麻将，会朋友。除此以外，我家也出现了其他男性成员，三个舅舅，或酗酒，或嗜赌，沉沦于现实泥泞，在麻烦与麻烦之间不断挣扎，我家成为他们在挣扎途中的浮木，抓住了，又放开；放开后，再抓住。总之是多年以来经常出入我家，亦给我家添了不少麻烦。

说句实在话，有好长好长的一段时间，我是不解的，也不接受。明明是个简简单单的五口人家，住在五十平方米的房子里，不算太挤，但加上了一堆亲戚长辈，便已经不是一个"挤"字所能形容。外公外婆都抽烟，姐姐妹妹又日渐成长为少女，诸种的不方便、不安全、不舒适，成为我们为他的孝心而付出的代价。然而，我自己年岁越长，越能体会到我父亲的想法，慢慢领悟到在其决定背后原来隐藏着一种柔软而复杂的感情。他说过，"家辉，爱一个人，便也该爱他的亲人"，但这只是第一层的善良。不止的，我相信不止于此。我父亲是个父母双亡的少年孤儿啊，独自一人谋生于世，种种凄凉酸楚，岂足为外人道。娶了妻子，生了子女，为人夫，为人父，有了最亲近的家庭成员，这之于他，是何等的温暖。接纳更多的家人前来共居，谋生的担子确实越来越重，越来越辛苦，但当他半夜下班回家，瞄一眼房间和客厅的床上、沙发上、地板上的一张张甜睡的脸，不问可知，在疲惫以外，他必亦感到无比充实。终于，他有了一个确确切切的家，用当下的流行语来说便是，他必有强烈、充沛的"存在感"。

说句怪力乱神的话：我父亲背上有两颗痣，根据中国传统的说法，那是"劳碌命"，一辈子工作辛勤。少年的他长得瘦弱，一张长长的马脸，浓眉大眼高鼻，有几分营养不良的颓相。年纪越大，工作越重，反而越趋发福，脸圆了，腰肚圆得更厉害，但挺直的鼻梁和深邃的眼神仍然顶天立地地存在，两三天不刮胡须便有人误认他是洋人。他极少谈及家族事情。或因父母早亡，他来不及探问细节。偶尔喝了酒，他涨红着脸重复这样的说法："家辉，你的爷爷的爷爷是英国人，本姓 Majeson，来中国娶了中国老婆，改姓马。所以，我看上去像洋人，你看上去也像洋人，因为我们的父系就是洋人。"

我没把这话当真，倒常跟朋友们胡吹其他的家族根源版本。其一，我家远祖本是罗马士兵，汉朝流落中国，有人问："您尊姓大名？"他以为对方问他来自何方，答曰："Roman！Roman！"对方听不懂，误认他的意思是："老马！老马！"

其二，我家远祖是鲜卑人，本名拓跋六郎，魏晋南北朝时是王室贵胄，"五胡乱华"就是我家远祖有份干的事情，后来落难了，来到南方，因比其他人更擅马术，得了"马王拓跋"之誉，慢慢简称为"马拓跋"，子子孙孙因此姓马。原先为什么叫作六郎？不为什么，只因我迷信，命书说"六"是我的吉祥数字，随口乱编故事，理所当然要用上它。

我写作许多年了，从杂文到小说，我一直想写我父亲的故事，但我是这么无力和无能。理由非常简单，对于父亲的故事，我知道的根本就不多。或该说是，我知道的非常非常的少，茫无头绪，难以找到足够的故事素材。我父亲是个寡言的男人，唯在喝得半醉的时候多谈几句旧事，但来来去去都是零碎的述说，说得最多的事情只有两件：一是前述的关于我家远祖的英国根源；另一便是曾有相士铁口直断他只有六十三岁阳寿。所以他在六十二岁半那年把手里的积蓄花光，而他今年已经八十二岁，依然健在。就这样而已。我心疼他生了个写了上百万字文章的儿子，却未能让儿子完整地、有头有尾地用笔头记下他走过的人生道路。对迷信文字力量如我的人来说，他是个没有故事的人，这让我无法接受。

最近半年算是有了新进展：我父亲开始用手机了。我跟他在手机屏幕上沟通，问候，请安，非常简单地闲话家常，多问了几句关乎祖父祖母的生平，亦对我和他的关系有了前所未有的拓展。譬如说，有一回，因为雇人修理计算机之事，我父亲摆了乌龙，我有点不高兴，传字对他说："你这么做很不好，让我很为难。我明明说过别这么做，为何你仍要如此？"

传出之后，心里不安，觉得说得太重。岂料，半小时后，手机传来他的回应："sorry，以后不会了。"

这一刹那，我几乎流泪，因为这一刻，仿佛我才是严苛的父亲，他是个受责的儿子，我们的关系彻底颠倒过来。

或许我将来会写一本书，但不是张大春的《聆听父亲》，而是马家辉的《阅读父亲》。阅读手机里的父亲，透过手机了解父亲。两部手机之间有一条看不见的线，竟然把我和父亲再次拉到一起。

之于我，在文字故事里跟我父亲"重逢"或是最稳当而温暖的形式。但有时候我不免狐疑：我父亲愿意吗？他会否根本不希望读到我写及他的任何文字？会否担心我把他写得不够好，甚至，写得太坏？

我亦为人父，至少我有此忧虑。

我女儿二十六岁了，她写小说，用英文，发表了一篇。我读了第一段便放弃了，因为第一段写的便是父亲出走。我非常非常担心在她的文字里读到她心中的我，读出她心中的我的阴暗、愚昧、无能，甚至邪恶。

我非常非常担心在她的文字里读到她对父亲的怨怼和恼恨。不知道有多少回了，我打开计算机，开启她的小说，想咬牙读下去，但读了几个字便停下来；又一回，再开，再读，再停下来。我实在冒不起这种在文字里"重逢"的风险。

或许，再过一些岁月吧。待我真的真的老了，老到什么都不在乎，也不在意了，总会有一天晚上，我泡一杯热茶，把她的小说印出来，坐在沙发上，在夜灯下，就只把小说当作纯粹的文学，云淡风轻，认认真真地读，纯粹以读者之眼，看在她笔下，出走了的父亲到底去了哪里，又会否迷途历劫之后，满身伤痕，安然归家？

如果问我生平有没有感到后悔的事情，我的答案必是："没有多生一个孩子。"

别误会，我并非遗憾于只有女儿没有儿子。我说的是，孩子，无论男女。可能是上了年纪，每回看见我女儿的孤独背影，我便联想到他日自己和她母亲走向衰败，终而死亡，天地茫茫，唯剩我女儿一人面对，那是何等凄酸的事情。她性格内向，跟她母亲一样，几乎是"零朋友"，办事情亦手忙脚乱，令我这个多愁善感的父亲忍不住提早替她感到无助和伤心。她将一人独自面对父亲的离去、母亲的离去，再然后，早已抱定独身主义的她，很可能要独自一人走向人皆不免的颓败衰亡。生命的各式重担将如梁柱般从她前后左右倾斜崩塌，一根连一根地朝她头顶压下，她奋力闪躲逃避，可是，终于，累了倦了，无论是被迫、抑或自愿，她跟她父亲和她母亲，以至所有人相同，必被压垮于地，只不过，我和她母亲的身边有她，而她身边，没有其他的人。

唯有安慰自己，无所谓了，有人也好，无人也罢，生命的终章密码毕竟只能由个人独自面对和解读，谁都一样，不分你我他。曾经成为家人，共处过，喜乐过，争执过，笑过哭过，便是谁都夺不走的独特体验。这使我想起小说《百年孤独》的末段预言，如斯哀伤却又如斯真实，何止马尔克斯，何止布恩迪亚家族，何止百载千年，而更是不管何时何地何人皆须面对的宿命处境：

"当奥雷里亚诺为避免在熟知的事情上浪费时间又跳过十一页，开始破译他正度过的这一刻，译出的内容恰是他当下的经历，预言他正在破解羊皮卷的最后一页，宛如他正在会言语的镜中照影。他再次跳读去寻索自己死亡的日期和细节，但没等看到最后一行便已明白自己不会再走出这房间，因为可以预料这座镜子之城——蜃景之城——将在奥雷里亚诺全部译出羊皮卷之时被飓风抹去，从世人记忆中根除，羊皮卷上所载一切自永远至永远不会再重复，因为注定经受百年孤独的家族不会再有第二次机会在大地上出现。"

而这之于我，便是最最基本的珍惜"家"的理由。

她撕掉的情书

这是真的，但我无权反对你当作小说来读——

十五岁那年，我生病了，久烧不退，腹痛呕吐，脸色黄得像刮走了皮的树干，胸口隐隐现着玫瑰色斑，西医说是细菌感染，打针吃药，躺个五六天应可痊愈。那几天有如身处地狱，我睡不安稳，陷入半昏迷状态，又常发呓语，经常高喊："走！走！快走！"

我怎么听见自己的呓语？

我听不见，全由外婆后来告诉我。外婆和外公多年来一直住在我家，我在《龙头凤尾》小说里谈过他们。外公是二世祖，在中环士丹利街有十多幢房子，祖业代理经营进口花露水，二十五岁继承父产，但滥嫖滥赌，不到五年已把祖业败得七七八八，扔下烂摊子不顾，到远洋货轮上做水手，我们广东人叫作"行船"。那年头非常普遍，许多男人稍遇不如意事，或生意失败，或情场失意，马上行船。王家卫拍的《阿飞正传》里的刘德华就干过这码子事，看似潇洒，其实是不负责任。所以外婆常在我母亲面前抱怨："男人有什么鬼用！"

外公整整行了八年船，每隔八九个月回港靠泊，来来回回八九趟，把我外婆的肚皮搞大了六七回，一窝子女由她独力抚养。我母亲排行第三，外公外婆老了后，搬来我家，由我父母供养，他们则帮忙照顾我和姐姐、妹妹，另有几个不成材的舅舅亦常来借住，四五十平方米的小单元挤了八九个人。然而小时候不觉苦楚，只把它叫作热闹。

外公外婆经常吵架，偶尔更动手，当然是外公掴外婆。挨揍后，外婆蹲在地上哭，而我不知何故自小已有开解女人的本领，走过去，哄她几下，她便抱着我笑了。所以，她跟我亲，亲到我在情窦初开的时候，会把在班上暗恋谁谁谁的心事对她透露，亲到她会把自己的初恋故事告诉我，而我姐姐、妹妹、妈妈、爸爸，甚至连外公亦从不知晓。

事情是这样的：在认识外公以前，润娴——我的外婆——有个亲密的男朋友，读书人，据她说，斯文俊朗，是结婚的好对象。我的曾外祖父是在港岛上环开诊所的中医，义祺——我的外公——偶有患病，前来求诊，看上了她，展开追求，但她心有所属，对他只是像对一般病人的客气。

某年某月，润娴和男朋友闹别扭，冷战，整整一个月没见面。义祺乘虚而入，邀她出游，她觉得不妨利用他来招惹男朋友妒忌，答应了。日子这样耗着，过着，两个月、三个月、四个月，男朋友竟然仍未现身，她终于放下矜持，到湾仔寻他找他，发现他早已启程到上海工作。好狠心的男人！润娴天愁地惨，哭得双眼红肿。

八个月后，润娴嫁给了义祺，开始了数十年的不幸婚姻。

"说走就走，不辞而别？"我问。

“不，其实他找过我，只是我没有好好回应，万料不到他一走了之。”润娴答。

原来他在冷战后不久，写了一封信到诊所，哄她，认错，写尽甜言蜜语讨她欢心，可是她仍然在气头上，发了小姐脾气，不仅两三下把情书撕得粉碎，更把纸屑放进信封里寄回给他。她并非绝情，只是在摆架子，女生嘛，她自觉有这权利。而她做梦也料不到对方竟是如此玻璃心，她这么一撕一寄，于他看来表示恩尽义绝，刚好上海有发展事业的机会，一咬牙，离开了香港这片伤心地。

“我撕掉了一段好姻缘。”润娴感慨道。

“难说。搞不好嫁给那个读书人，日后的命运更不堪。搞不好他命中克妻，你嫁给他，不到两三年，走在路上被车撞死，坐在屋里被横梁压死，连食豆腐也有可能哽死。你那么辣手一撕，其实是救回自己一命。”少年老成的我再度施展开解大法，把润娴逗得眉开眼笑。

外婆和我的对话在黄昏进行。我刚睡醒，浑身冒汗，她坐在床边，用毛巾替我抹脸。她告诉我，我不断猛喊：“走！走！快走！”她问我在梦里看见了什么。我说：“我记不清楚了，只觉得有一团黑影围拢眼前，我惊吓得挥手驱赶。”她笑道：“对，许多时候我们真难知道自己到底赶走了的是些什么。”然后，谈着谈着，谈到了我的暗恋对象，再谈到她的初恋对象。

聊天结束的时候，天色已黑。外婆收起被我撩拨的笑容，忽而叹了口气，站起来说：“我煲了皮蛋瘦肉粥，多吃几口，赶快恢复精神，明天上学去，不然那女孩子会被别人追走啊。"

外婆一边走向厨房，却一边喃喃自语："可是，就算被追走了，是好是坏，谁说得准？"

既然无法肯定自己错过了什么，世上便不存在"错过"。生命毕竟只能是眼前的生命，现在有的便已是全部，面对它，其他免谈。这是我从"润娴狠撕情书"一事上领悟的小小道理罢了。

即使做不成夫妻

二十四岁时听我母亲说过这样的话语："即使做不成夫妻，也可以做朋友嘛！"

我便深深记住；但，从未成功，或许只因，从未尝试。

我母亲倒是做过身教示范。

十四岁时曾经和姐姐妹妹跟随父母亲到沙田看望一位长辈，不知道是叔叔抑或伯伯，应是伯伯吧，年龄应该比我父亲大，很斯文的一位先生，个子高，戴眼镜，瘦瘦的，语调温文，看起来像个读书人。但听母亲说，他以前是个生意人，生意还做得蛮好蛮强。

我母亲还说，她年轻时，在工厂工作，他是上司，曾经追求她，来往过一阵子，她没有接受，最终选择嫁给我的父亲，那便有了姐姐，有了我，有了妹妹，那便有了后来的历史。

我母亲又说，她那年头的人非常纯正，追求就是追求，饮茶，看戏，跳舞，散步，骑单车，朋友交谊却又暗有情愫，但不会乱搞乱来，不是不希望，而是不急，不行动，慢慢来，该来的事情总会来。

嫁给我父亲后，我母亲仍跟这位先生保持联系。但那是没有手机、没有电邮的简朴年代，就依靠电话了；每一两年会见个面，但都是一家人去见，像见老朋友，坐下来，孩子们在旁边蹦蹦跳跳，大人则喝茶话旧。天凉好个秋，云淡风轻，聊天道别，下回再见可能又是一两年后。

我母亲是在我父亲面前跟我们述及这位先生的往事，父亲笑着听，没说话，我猜他早已知悉一切。或许我母亲主要是对我姐姐说。她已经拍拖了，交男朋友了，我母亲借机对她进行"感情教育"。那是在探望这位先生后搭巴士回家的路上。那年头没有地铁，从新界返回港岛，必须搭完巴士再转渡轮，好长好长的一段路，一个多小时的行程，困坐在车上、船上，孩子们没手机可玩，正是两代沟通的大好机会。

不知何故，我虽然只是"次要听众"，却仍印象深刻，仿佛暗暗知道总有一天会轮到自己接受类似考验，交往，分手，决定保持或不保持朋友关系。

十年以后，我终于由"次要听众"变成"主要听众"，因为那一年我跟交往了好几年的女朋友分手，情绪极度哀伤，在我母亲面前，哭了。性格向来达观，甚至几近病态的达观的她笑道："这不值得难过！人生缘分，有来有往，有聚有散，就像打麻将一样，有输有赢，这盘吃和了，下盘可能放炮。世事难料，事在人为，即使做不成夫妻，也可以做朋友嘛！"

我不哭了，看她一眼，心中暗骂一句：赌鬼！

但其后我并未跟分手的女朋友转型为朋友，只因天涯海角，找不着了，其实也没有找，散了就这样散了；尽管曾经爱得以为没有对方便宁可不活了，但发现，原来是可以活的，而且活得很不错。因为生命没法重来，所以也不能比较。如果当时没分手，如果往后的日子都是跟对方一起，会否更不错，或反而宁可不活，就不得而知了。

没有找，所以没法验证我母亲的朋友理论能否应用到自己身上，但仍隐隐相信她是对的。理由不仅是她做过示范，而更因为在理论上确能成立，且想想，"朋友"的交往状态可以有不同类型和不同深浅，做了朋友，不一定是亲密朋友；做了亲密朋友，也不一定无所不谈；无所不谈，也不一定能够常谈长谈。所以即使我跟前女友重逢重聚，坐下来聊聊天，当然也算是朋友了，但不一定是密友，那可以是非常独特的一种朋友状态。可以说，世上每一种友谊状态都可以独一无二，不管男女，不管身份，只看你如何经营和愿不愿意经营。

这是我经常引用的"感官原理"：如果听觉有千百万种，味觉有千百万种，嗅觉有千百万种，触觉有千百万种，生命是如斯细致，为什么感情关系只能容纳区区几种？夫妻、朋友、情人外，就没别的了？不会是这样的，也不应该是这样的，如果是这样，只因我们不察或不敢，我们其实是，也应该是比自己想象中的分殊细腻。

四十九岁了，我的朋友数量是多是少，视乎跟谁比较和采用什么衡度标准，但我毫不计较，我只在意如何跟不同的朋友以不同的方式相处，只看重如何拓展不同的朋友状态以享受不同的友谊交往。我常想，如果我不是自己而是别人，或许我也全无兴趣跟马家辉这种人做朋友。我是心知肚明的，但我没法子，四十九岁了，改变不了自己，也无意改变自己，唯有随缘行之，善男子善女人，合则来，不合则去，谁都千万别勉强谁。

数年前我曾午夜电邮给香港女作家黄碧云，借引洋人之言感叹："一个人混蛋到了四十岁，就一辈子混蛋定了。"

黄碧云回邮，嘲笑道："如果四十岁是混蛋，二十岁时一定亦早已是混蛋，唯一差别是四十岁以后混出了一些格调，便不太容易找到人陪你玩。没有人陪，唯有自己玩咯，如果不这样，难道去死？"

说得正确。所以我看清楚了两项真理：一、自己玩，这是王道；二、年过五十，朋友、情人，都会愈来愈少了。

选择快乐的女子

就我记忆所及，我妹妹从小到大的考试都是第一名，而且是不必用心读书而得，否则，年年第一，不算稀奇。我妹妹总是吃喝玩乐地从学期初放任到学期末，然后在考试来临前草草读读课本，bingo，便行了。我家人已是见怪不怪。初时，我妹妹从学校取回成绩单，进门高喊一声："妈，我又考第一了！"坐在麻将桌前的母亲雀跃万分，尽管双手仍然忙着搓牌，至少会用嘴巴遥远地表扬几句；但后来，年年第一，听多了，没感觉了，当我妹妹再喊"妈，我又考第一了！"或"妈，我又取得了流行歌曲填词冠军了！"之类，我母亲双手继续忙着搓麻将，嘴巴说的却只是一句淡然的"嗯，知道了"。

我却曾因考试成绩而欠我妹妹一个头颅，至今未还。话说中学毕业那年她考大学，全港联招，她考九科，故技重施却又变本加厉，竟于考试前夜还跟男朋友去看电影。我看不过眼，调侃她道："你肯定自讨苦吃！如果你考试过关，我往脖子上横砍一刀，把头颅搬下来，让你用作椅子！"

她冷笑一声，没搭腔。日后公布成绩，她考了八科 A 一科 C，成为香港的女状元；她本来可以是九科皆 A，但因过于自大，匆匆写完答案便提早交卷离场，看漏了最后一页的最后一道题目，饮恨没法取得圆满。

　　然而有饮恨之感的人只会是我，绝对不会是我妹妹，她不会的，她的意志非常坚决，当她选择了快乐，便会拒绝任何懊恼，踢走所有遗憾，全心全意把眼睛放在事情的光明面上。许多年后我阅读帕慕克的散文，他讨论快乐，说自己向来觉得快乐是一件很没水准的事情，只有忧郁才够酷，但终于发现，不，不是的，令自己快乐原来需要很大的勇气，更是一种伦理学上的行为艺术。在那一刻，我联想到的是我妹妹，她果然是一个有勇气的女子。

　　人生需要运气，但运气这事儿，再厉害的天才也控制不了，意志再坚决的人也操纵不来。然而这就更需要用勇气去对抗运气了，用选择快乐的勇气，告诉命运，你如何狂妄嚣张亦没法成功地把我打倒，当我决定了让自己快乐，我便快乐，快乐地顺遂，快乐地倒霉，我才是自己的主人，你不是。

　　我妹妹其后在英国、美国都读过书，现居北京，专事写作，在她的字典里，除了"快乐"，没有其他词儿。她不知道，真的，我是如此妒忌。

我父亲，我舅舅，我的道歉

对于金钱这玩意儿，我的最深刻印象来自童年时的大年夜，或该说，是大年初一的凌晨，大约三点，门锁转开，咔一声，把我吵醒，我知道父亲回家了，于是，起床了。

那是维持了好久好久的"家族传统仪式"，父亲在报社上班，那年头，法令不严，假期未定，新闻工作者年中无休，由大年头忙到大年尾，最高兴的日子是大年夜从报社老板手上接过一封大利是——等于当下流行的年终奖金——深更半夜回到家中，跟妻儿子女坐下来，吃一顿素菜，并且向安置在客厅的祖先牌位恭恭敬敬地上香叩头。

报社老板是个人物，江湖气重，喜用现金派发利是，出手阔绰，少则五千，多则一万，在那年头，对打工仔来说已是非常丰厚的数字。而且，报社老板习惯派发新簇簇的钞票，一百元，红彤彤，喜气洋洋。我还记得父亲每年回家后做的第一件事是从公文包里掏出一个厚厚的公文袋，放在桌上，母亲穿着睡袍从房里走出来，双瞳发亮，冲过去把袋内钞票倒出来，一大沓，繁华盛世，尽现眼前。

写着写着，我仿佛仍然能嗅到钞票的奇特味道，有一股淡淡的腥气，不臭，只觉浓重，想必是油墨的余韵，那是纸的气味，亦是丰足的气味，摸在手里，硬硬的，也滑滑的。父亲喜欢捡起一张钞票，假装它是刀片，拿近腮边，一边上下磨刮，一边笑道："家辉你看！新钞票可以剃胡须！"

吃过斋菜后，便是"分钱"时刻了。父亲把不同数量的钞票分进不同的红封包里，给我母亲，给我姐姐，给我，给我妹妹，给我外公，给我外婆，给我舅舅，人人有份，永不落空。我父亲是个性格严肃的人，眉头通常紧皱，每年几乎只有在这个时刻，他才稍稍放松，眼睛、嘴角，皆有笑意，显然非常满足于自己的成就。少年的我当然不会懂得这份成就感的意义何在，直至许久许久以后，自己做了人父，也仍是人子，更是人夫，一副肩膀挑起家庭的全部支出，才渐领悟，真不简单，也不容易，这是一个快乐但沉重的责任担子。每年有这么一个短暂片刻让他感受到责任之圆满完成，把钞票带回家，把钞票分出去，他绝对有理由心满意足。而当农历新年过完，又是新的开始，他的眉头将重新合拢。

对了，舅舅，我说的是小舅舅，他在我家住了十年，跟我一起成长，我一直欠他一个跟钞票有关的道歉。

那是小时候，大概十岁，年龄我忘了，总之是很小很小，而舅舅比我年长六岁。有一回，我要买一份生日礼物送给父亲，舍不得自己掏钱，竟然从我父亲的蓄钱铁盒里偷取。那是一个"丹麦蓝罐牛油曲奇饼干"铁盒，这牌子在那年代十分流行。曲奇饼干吃光了，圆圆的盒子通常被用来盛放杂物。我父亲用透明胶带把铁盒盖子封住，再用小刀在盒顶割开一道小缝，便可投入铜板，用作扑满（一种用来存钱的瓦器）。愚蠢的我趁家人不在时，把胶带拉开一半，抓开盒盖，伸手进去取走十元硬币，然后把盒子封回原状，自以为神不知鬼不觉。

罪行不必说是立即被发现了，但我父亲没有责怪我，因为他以为是我舅舅所为。但他也没有责怪我舅舅，因为舅舅终究不是他的儿子，他不希望事情闹大，被我母亲认为他在欺负她的弟弟。这是我父亲的善良。然而这都是我自己想象的前因后果，我从未向父亲或舅舅求证，我只是分别从他们的言词和反应里推敲两人的心中想法。我父亲捧着曲奇饼干罐喃喃地说：

"咦，奇怪了，怎么铁盒的盖子好像被人碰过？"说时，眼睛瞄向舅舅。舅舅没有说半句话，只是低着头，表情是百口莫辩、委屈含冤，他跟随父母——我外婆外公——住在姐夫家中，显然一直有"寄人篱下"的自卑感受，或许正是这种凄凉令他不欲自白、不敢自白、不肯自白，无论遇上什么冤屈都往肚子里吞下算了。

我舅舅是乐观的人，极有幽默感，不管有什么不幸遭遇，都能嘻哈大笑，从悲剧里看出喜剧成分。我经常被人说"言谈幽默"，若真，必是受到舅舅的熏陶感染，不知不觉地向他看齐。但有一点我终究学不来：他一辈子只喜悠闲度日，能够工作八小时便不肯多做半个钟头。而我呢，稍有半个钟头悠闲便觉无比焦虑，仿佛已遭世界遗弃。我是个工作狂，他不是，广东人说"外甥多似舅"，就这点而言，我们毕竟属于两个世界。

坐在木椅上

有些情景有些感觉说浅不浅说深不深，却总缠绕于脑海、心头，每每遇上类似场面必立即像跌进陷阱般重回往昔，恍如昨日，再一次体会当天的强烈情绪。执笔忘语，正是其一；而忘的，是英语。

中五毕业那年，会考成绩不弱，可以申请升读中六和中七，我有几个选择，但我偏偏因为某个奇特的理由入读了一间政府中学，我有点"降尊纡贵"，在客观上吃了大亏，但自己并不觉得。

一个于怒气下所做的决定，对我日后的成长路途，影响不轻。但更不轻的尚在后头呢。

话说那间政府学校有一间不错的图书馆，安静，书多，至少有我爱读的胡适、鲁迅、巴金、殷海光之类。我发现这个宝藏后，不仅把许多用来拍拖的时间改用于阅读，甚至连许多课都懒得去上，除非老师点名。而英文课的老师刚好彻底采取放任政策，所以我是肆无忌惮地避不露脸，完完全全把英文课的时间消耗在图书馆里。

听来非常文艺也非常浪漫，对不对？对极了，确是文艺，实在浪漫。天真的我一心以为学英文等于学游泳或骑脚踏车，学懂了便学懂了，不会忘记，不必练习。殊不知，我错了，英文的读写能力皆会退化，读完中六和中七，经过两年的阅读深思，到了 A-Level 的考试日，我的中文和中国历史知识进步神速，临场挥写，如有神助，轻易取得优良成绩，但英文考试则刚好相反，完全报废，像清水在太阳光下完全蒸发殆尽。我记得写作文时，拿着笔，对着纸，好久，好久，我都写不出半句英文句子，懊恼得坐在木椅上脸色惨白。单词是懂的，但挤来挤去就只是那几个简单词语，而且没法把词语拼凑成句，最后只能胡乱写了一堆像密码般的东西交差，甚至故意把英文写得有多潦草就多潦草、有多微小就多微小，暗盼阅卷员因为懒得耗神细察我的龙飞凤舞而马虎地打个合格分数。我果然合格了，但就真的只是刚好合格，尽管中文、中国历史、经济学等科目都成绩不错，却仍没法报读香港大学。如果当年不嚣张逃课，我的英文考试分数应不止于合格；如果英文成绩不止于合格，我应能顺利入读港大；如果顺利被港大录取，我应不会到台湾读书。一个"如果"接上另一个"如果"，往后三十年的生命路途被彻底改变，而这一点，当天坐在考试场木椅上执笔忘英语，脸色惨白的我，肯定没法预料。

美枝美枝，你嫁人了没？

到台湾度圣诞，台北往南走，搭高铁，一小时已到台中。开着朋友借出的车子往山上走，左舵车，在弯多路窄的山间开了一个多钟头，不无惊险，对于五十岁的人，这已是小小的冒险之旅了。

过了清境农场再往上走，便是合欢山。住了一间英格兰别墅风格的民宿。这家民宿由一对五六十岁的夫妻经营，包早餐晚餐，本来以为是西餐，却仍是地道的台式清粥和小炒，有点不搭调。山上民宿大多数是英式、欧式、美式，号称什么"小瑞士"、"小巴黎"、"小爱尔兰"，但山上餐厅全是台湾菜或云南菜，十分不搭，勉强说是 mix and match（混搭）吧。

然而风景是好的。把车子停在山间路边，看日落，观云海。下午两点的天空是淡淡的蓝，如幻灯片打出来的舞台布景，可以想象游客来到这里必更感如到仙境。怪不得来过的人都嚷着要常住。

回程时把车子还给朋友并探望其母。二十多年没见面的朋友，是大女孩母亲的大学室友，脸容当然如你如我如她般苍老了，但声调语速都没变，话匣子打开后，立刻被彼此的声音卷回当年的好风景、好时光，仿佛即时接上了二十多年前道别那天的那分那秒，宛如昨日，不必热身。

这便是老友的好处。任何寒暄都多余，不管分别多少年，一旦见面了，当时在哪里停顿，如今便从哪里重来，无缝接合，中间没有失去任何光阴，或，假装没有失去。

其母已经八十四岁，记忆力不行了，但记得六十五岁以前的事情，故见到大女孩的母亲仍能牵着手亲切地喊唤"美枝，美枝"。见到大女孩，问几岁了。哦，快二十一了？嫁人了没？嫁人了没？不断地问；终究是古早人，于其心里，女子的生命意义在于找一个好人家，嫁出去。念兹在兹，仅此而已。

朋友的祖父曾是台中首富，传到第二代，即朋友的父亲，吃喝嫖赌，都败光了，以前整条街的房子差不多全卖了，只剩下两幢楼，各三层，兄弟姐妹及第三代、第四代几乎都住在这里，如果全部坐下来吃饭，恐怕要有三桌。故除非是年节，否则沿用台式老规矩，厨房有张大桌子，桌上从早到晚摆着大大小小的饭菜，用纱罩盖着，谁回家，谁饿了，自己夹来吃。

家里有老人，便有听不完的台式老故事。台湾的历史都在家族笑谈里。台中的夜，是连续剧的好情节。

黑键白键

朋友的女儿在深圳音乐厅演奏钢琴，跟台北爱乐合作，我们前往欣赏。掌声里，十五岁的少女穿着红彤彤的长裙走到台前灯下，自信的笑容中带着腼腆，毕竟是青涩的年岁，尽管已经去了德国习乐，也已刚取得英国一项青年钢琴大赛的首奖。

然而坐下来之后，她双手轻轻举起，然后再缓缓放下，放到琴键上，即像有人施展了催眠魔法，笑容、眼神顿时有异，是专注地投入，是成熟的投入，不似是她带出深沉的音乐，而像乐曲唤醒了隐藏的最深最沉的她，把她召引出来，如精灵般在台上琴前回旋舞跃。

台下这群叔叔、伯伯、阿姨、阿婶当然是感动的。她从幕后走到台前的刹那，已有两个身影在眼前重叠。见过她小时候在台北家里练琴的模样，是心甘情愿，却亦是不情不愿：虽热爱音乐，每天练习四五个钟头终究是苦差事，更何况是在老师和父母的督催下，有压力，难免有时候一边在弹，一边在心里思量如何逃离。

后来她终于走出了自己的路。台湾地区的比赛，其他地方的比赛，参与和胜利、竞争与挫败，都尝过了，来到了音乐专业的关口，挽起大志，前面的路很幽暗，也很光亮，深吸一口气，迎上前去，从此不会再回头。

叔叔、伯伯、阿姨、阿婶，以及父亲母亲，能做的只是浅浅的陪伴和深深的祝福。

好久没去音乐会了，说来惭愧。有一阵子迷过欣赏钢琴，当然是年少岁月，当然是受余光中的《音乐会》感染："所有的白键刚刚哭过，一只黑键，委屈在一隅幽幽地泣着，黑键哭得很玄，白键哭得很哀怨，那女孩，还不来，白键白键黑键啊白键，那女孩，还不来，白键白键黑键啊白键，那女孩，还不来。"年轻时读得流泪，自己浪漫了自己，常约女朋友到音乐厅，为的既是乐声，亦是站在门外时的忐忑等候；其实最好她别来，我便可以享受失恋后哀伤的快感，而当她现身眼前，想象失恋的快感立即结束，一起牵手进场，好多次，其实是几乎每一次，当灯光转暗而琴声响起，不到半小时，我的眼皮便重重垂下，睡去。

但这回没睡。早已远离哀伤的快感岁月，如今最享受的是温馨与感动，看年轻人坐在琴前舞动手指，上半身摇摇晃晃，像引擎加足了马力，准备往前奔去了。两小时的台北爱乐和李其叡演奏会，我在精神利落里，度过。

李其叡是台湾作家杨照的女儿。杨照本名李明骏，他女儿，当然不姓杨。

数星星

　　回到台北时天气极差，又是雷又是雨，幸好飞机掌控得稳当，只是稍稍摇晃，然后降落，只不过误点一小时。降落之日是清明，夜了，机窗外雨打风吹，灯光昏黄，真有萧萧索索的落寞感受。

　　困在机舱的时候，忽然想念一位老朋友，是大学同学，算是唯一的朋友。朋友头脑极聪明，性格也极幽默，经常领我探索台湾的昏暗而美好的江湖天地。酒精和女子，他都在行，简直像一个"小教父"，到处有人给他面子。

　　那年头认识了一些同学，都不熟，只知道都是不简单的年轻人，因为台大的心理学系是理学院，同学们的第一志愿都是当医生，考试失手，进不了医科，唯有"屈就"改读心理学，等到毕业再考"学士后医学士"。这群家伙大多来自台湾的中南部，由小学到中学的履历表上写满得奖荣誉：全省辩论赛冠军、全市演讲赛冠军、全校钢琴比赛冠军，诸如此类。我看过其中几个同学的履历表，厚厚四页，很可怕。而我的，只是短短几行字，出生于香港，喜欢阅读和写作，大学二年级时出版了一本书，除此以外，啥奖都没得过——噢，不，我得过"青年文学奖"，但只是小说佳作，卑微得自己都忘了。闻说今年是第四十届，你，投稿了没？参赛了没？

说回那位天才同学。大学毕业后，他当兵去了，我则做记者，偶尔联络。最后一次通电话是一九八九年我在芝加哥，他在洛杉矶，原来他陪朋友应考飞行员，对方落选，他却被选上（听来真像张曼玉当年陪朋友报名选港姐，对方不入围，她却胜出！），留下在美国受训。

电话挂断后，转眼二十五年"失联"，去年在台北街头偶遇，原来他已成为某航空公司的总机长，但他总结二十五年生命，只得一句结语：困守机舱，天昏地暗，从来不曾脚踏实地。

会过去的。如斯或如彼的生活，都会过去。机长老兄，别急，我们都老了，很快你便飞不动，甚至走不动，跟我一样，坐在地上，仰头细数天上繁星。

Side B — 那些年我们正年轻

人子、人师、人父，岁月在循环，宿舍岁月，时间过得未免太快。

凶老师

　　显然新学期又将开始了，所以我竟然梦见踏进教室，并且，迟到，学生走了大半；惶恐万分，愧为人师，忐忑不安，致从梦中惊醒。

　　这阵子进出校园，从早到晚皆见年轻男女奔跑疾走，穿着统一颜色的 T-shirt，喊着不太整齐的口号，是在参与 O-Camp（迎新营），组爸、组妈、师兄、师姐、识途老马，带领组仔、组女、师弟、师妹探索校园生活的启蒙一课。

　　这类活动每年都有，今年稍为特别，所谓 double-cohort（双重列队），新旧两制的中学生皆来报到，人数几乎比去年倍增，人山人海。去年早已喧哗拆天的校园如今更像年宵市场，加上远处的新大楼赶工不停，轰轰轰、砰砰砰，不知是什么机器没日没夜地在敲地锤墙，声浪令人恐怖、紧张，像在跟时间拔河竞赛，争取让城大校园以全新面貌迎接新生。

　　在声浪音海里出出入入，几天下来，头有点痛，于是便有噩梦，在梦中直冒冷汗，茫然不知所措，仿佛在荒野迷途，进退不得，于是更渴望回家。

　　记忆中，跟医生、律师约了会面时间，他们常会迟到，或，已经明明坐在办公室里了，却仍要你坐在门外等候一阵子。跟他们相比，教学工作应该算是准时的专业，上课时间到了，便踏进教室；下课铃声响了，便阖上课本。一切按照"时间表"处理，很少有偏离，偏离即突兀。

为什么？

试想想，当你走进教室，数十对，甚至数百对眼睛盯着你，即使不是盯着你，而是盯着他们手里的 iPad 或手机，亦有数十个，甚至数百个人头坐在你的面前，这是何等巨大的压力，你一个人迟到，甚至缺场，便是同时对不起这许多人，你敢？

更何况，为人师表有所谓身教，以身示范迟到，或缺场，其实是颇严重的"专业失德"，老师应该罚抄一百遍"我以后一定准时"，然后放到网上，供学生查验考核。

我于十八年前在美国开始教书，第一天上课，担任助教，带领导修，竟然遇上风雪挡路，汽车遭困，整整迟到四十分钟才回到教室。班上学生已走了一大半，却仍有七八个人留下。他们或许不是为了等我，而只是为了避雪，我仍感动得几乎流泪，亦同时惭愧得几乎想哭。这虽说是天灾，但自此以后，我教书，只有早到，没有迟到，当然也不会早退。一来是尽责，二来亦是因为心底曾有"伤痛阴影"，对时间的准确掌握有近乎病态的偏执。所以当学生迟到，我总不自觉地斜瞪他们一眼。先说明白，我是个凶老师，最好别来修我的课。

第一眼

学期肇始，看见大学新生的欢欣脸庞，但又在眼里隐含惶恐，于是，难免想起自己的第一天。时移世易，有些事情却宛如昨日、昨时、昨分、昨秒，记得的，你一定记得，不仅记得场景和情节，即连声音和气味亦似存在，声音在你耳朵里纠缠，气味在你鼻孔里徘徊，只要闭上眼睛，马上重回现场，仿佛你根本从来没有离开过。

那年，一九八三年八月底，我独自从香港搭机飞往台北，为的就是读大学。为了到台湾读大学，我付出了，我取舍了，我没法确定前头有些什么，但我知道如果不做这种付出和取舍，我睡不着觉，我将深感后悔。人总是后悔于放弃了的东西，不是吗？

赴台那天，一个人去机场，一个人上飞机，背着个大背囊，托运了两大箱行李。不到两小时，飞机降落机场，通关后，我搭巴士到市区，再转计程车到辅仁大学。还记得等待计程车的时候，看见路边摊卖蚵仔煎，食客们叽叽喳喳地说着闽南语，在我听来全像外文。但那股香气、那番喧闹把饥肠辘辘的我勾得口水直流。但当时无心吃食，大学啊大学，我为你而来，你亦必在心急地等我，我只愿用最快的速度跳进车厢去跟你会合。

　　有车子了，我坐进去，做的第一件事是把一张字条递给司机先生，我从出生至当刻从来没有学过"台湾话"，有口难言，唯有预先把"麻烦你送我到台北县新庄市辅仁大学"写在纸上，以笔代言。司机从后视镜瞄我一眼，亲切地笑了，踏油门而去。那是我来台湾所接受到的第一个笑容，或者只是他的职业礼貌，但我心领了，永远记住。

　　更是永远忘不了抵达大学门前的那个镜头。

　　对，想象这是电影里的一幕吧，播放着缓慢的背景音乐，摄影镜头从车内往窗外拍去，计程车从桃园驶往新庄，开了大约三十分钟，一路上，市景朦胧，最后来到这个在二十八年前仍是非常简朴的小市镇。此时，音乐转急，伴随心跳，更急，更跳；更跳，更急。但忽然，音乐和心跳用最突兀的姿势停下，镜头定格，原来已到，我望见窗外竖着一块白色的石碑，上面刻着四个字：辅仁大学。

　　心头一震，我的眼泪掉了下来。得来不易。这是我的大学第一天，第一眼，眼中出现了"大学"两个字，从此便没离开过这个看来还似是讲道理的人间场所。

舍堂文化

开学了，感谢城大学生宿舍办事处的努力，同学们能够顺利迁入，只要申请成功的，必可"分房"，不必担心每天的交通劳累，甚或需要暂租临时居所。这阵子看学生拉着行李箱在舍堂之间快乐进出，暗暗为他们感到高兴，而他们显然不知道有许多人替他们付出了多少个熬夜加班的晚上。

开学了，宿生会在大堂设摊，谁进入舍堂都会取得一张小小的单张，被邀参加迎新营，在学期之初始，痛痛快快地玩个三天两夜，只因"来日大难"，很快踏入十月，又要做 present（展示），又要赶报告，又要考笔试，课业忙得叫人喘不过气，今天不玩，还待何时？今天不玩，日后回想，说不定后悔得想哭。

开学了，不少外国学生迁入舍堂，眼神中，对这大学、这城市充满探索好奇，所以经常站在大堂跟本地学生尽兴闲聊，用不同腔调的英语交换对于世界的意见和常识，譬如说，你从哪里来，你用什么母语，懂说几句广东话，有没有去过兰桂坊，诸如此类。例牌公式的对话，却是不可缺少的对话，算是破冰，接下去的一个学期或学年，交上了朋友，来日方长，自有更深入的沟通。

　　开学了，内地学生都来了，而且愈来愈多。社区内除了广东话和英文，普通话亦是强势语言，尤其周末，本地生返家，内地生留守，卷舌音更几乎成为九龙塘的主旋律，他们来读书，他们来生活，他们来观察。

　　开学了，不少爸妈护送他们的子女前来入宿，依依不舍总是有的，但更有人"动手动脚"，卷起衣袖，蹲下来，替他们的乖宝宝洗衣服和抹地板。甚至有人在家长会上不断向舍监追问各种舍堂细节，譬如说，餐厅营业到几点，附近有几个篮球场，如果孩子出外夜游怎么办，万一感冒了又怎么办，诸如此类。责之所在，当然知无不答，然而回答到了结尾处，不管家长满不满意，不管家长高不高兴，我必提醒这些可爱的家长们，孩子长大了，都是十八岁以上的成年人了，许多事情喜也好，悲也罢，确实只能由他们自己取舍，自行负责，谁都管不了，也不一定应该管；放手吧，回家去，请放心，你们的孩子应该会很好。

　　开学了，每天早、午、晚进出舍堂，看见大孩子们的笑脸，抬头望望蓝天白云，岁月无声，我想到的就是这些了。

三年

开学了，新制、旧制的两条梯队皆来报到，教室不管新设了几个，皆被占满。一班接一班的学生如车轮战般进进出出，热闹喧哗，青春的荷尔蒙在冷气走道上飞扬喷发，加上男孩子的汗臭气，难免有点混浊刺鼻，唯望秋天快些来临，让凉风冲淡气味，想必会好些。

这阵子颇想买个隔音耳机，大大的那种，像在北方雪地里戴着的那种，把两只耳朵牢牢地密盖，让耳根暂得清净，以免踏进课室时心神紊乱。这样也有利教学。

然而不敢，犹豫着，最后恐必不了了之。

只因担心戴成了习惯，耳根久享清静，一旦把耳机摘下来，噪音重新涌入，四面八方如海啸，足把我冲得头晕目眩，搞不好难以承受而跌坐于地。耳机如温室，让耳朵在里面"养尊处优"得太久，到了外露的时候便抗拒不了声音的细菌。

另一个犹豫的理由是恐惧清晰。曾经试戴这类耳机，据说隔音率高达九成，把噪音过滤，英文叫作"noise cancelling"，效果还真神奇，周遭的喧闹果然全部消失，像水点蒸发，挥散于无形，唯独站在你面前的人开口说话，每个句子、每个音节、每个抑扬顿挫都变得非常非常立体。

怎么形容呢，或许就像观看现下流行的 3D 电影，当蜘蛛侠往空中跳跃，城市的背景通通隐退，唯独他悬腾半空，整个人突出于你眼前，除非闭目，否则你根本回避不了。

假如那是在谈恋爱或听音乐，固然是极佳享受，但冲进你耳中的假如只是在街头偶遇的一个人所讲的一句话，譬如说，"大叔，麻烦让一让"或"阿辉，好久不见"简简单单之言，肯定被放大成为世上最可怕的噪音，像一把匕首，朝你薄薄的耳膜直插下去，不见血，不收手。所以想想还是算了，不戴了。让耳朵用最原始的方式面对人间，喧哗就喧哗吧，嘈杂就嘈杂好了，且当声音是兴奋剂，把心情鼓动起来如江海波浪，让我暂时稍稍恢复青春年少，跟着那些孩子扯开嗓门大喊大叫地聊天说话。新制和旧制的学生齐聚校园，人口繁多，至少要维持三年，之后始回复所谓平常状况，清一色四年制，统一天下。昔日每年一度的"城大夜宴"皆已人头涌动，如今学生名额双倍，肯定更要筵开数百席，或要分两个晚上进行，夜宴之一，夜宴之二，如港产片之续完再续。

热闹的三年、缤纷的三年，耳朵要好好接招。

微笑泪痕

　　每回对内地年轻人谈及"大学生宿舍舍监"，对方必瞪起双眼，不敢置信。

　　于是我问对方，你以为那是什么工作？

　　对方总是耸肩回答，舍监嘛，就是宿舍的管理员，负责点名、关灯、清洁之类，通常是个又凶又丑的老头子，不是吗？

　　我哈哈大笑道，我确是又凶又丑的老头子，那没错，但问题是香港的大学舍监可不一样。点名、关灯、清洁之类，有专业团队负责。舍监则是负责营建宿舍的教育、学习和生活环境，亦即所谓"舍堂文化"。每个舍堂有不一样的活动取向，像人，各有性格。舍监是关键岗位，用你们年轻人的网络语言来说，不妨称之为"堂主"。"舍监"一词其实是古雅的语言，鲁迅在书信里屡次评论大学舍监的功过与优劣，萧红亦是。可见在民国留日文人的心中，舍监有其位置。

　　做舍监，当然是有意义的，而且发挥意义的方式和渠道可以多元：正襟危坐地在活动室里主持活动，是其一；另一是跟学生们坐在宿舍门外草坪上聊天扯淡，亦常有"教育"作用。毕竟食盐多过食米，随口谈到一些什么见闻、典故，他们听了，表面上或许没有反应，心底却或有感受，回家写在网上，我读了，才知道他们已有感悟。

像前两天吧，出席了舍堂的乒乓球赛，跟几个学生坐在场馆外闲聊，谈及生命里的课业压力和境遇变化，我笑道，请千万记得陈文茜写过的话，大意是："即使你把我丢弃在墓园，我亦能在墓园里开咖啡馆，并且弄得人声鼎沸，生意兴隆。"听后，学生脸上没有表情，但到夜里，微博忽然写了感想与领悟。于是，我笑了，能把自己喜欢的话语跟年轻人分享而且看到回应，终究高兴。

陈文茜是极有生命力的女人，写作、电视主持、政治活动、演讲都精彩，她二〇一二年出版的《只剩一个角落的繁华》，写欧洲金融危机后的废墟世界，她在台北办了一场演讲会，当时我在场，她朗读内容章节，许多年轻观众都听得怕了、哭了。感染力极强大的女子。

陈文茜又出新书了，书名《微笑刻痕》，亦是"时报出版"所出，封面哑黑，上有三点银色眼泪，似钻石，哀伤得耀眼。最特别的是整本书被切走了右上角，形成圆圆的一个弯位，有点诡异，却也令哀伤更显哀伤。内文呢，像微博集合，写尽了作者对于生命流转的敏锐感怀，而且几乎每页都配照片，必又是一本畅销好书。

我爱陈文茜，如同我爱她的好朋友李敖先生。

咖喱中秋

宿舍里的外地学生渐多，也渐多元化，尤其东亚、南亚以至北亚，不同肤色、高矮，却又有着相近的青春笑容。

年轻真好，眼神里都是放肆，这是他们的权利，青春岁月本就有浪费的本钱。何况，谁能确定，今天的"浪费"并非不是明日的"投资"，不管是伤心或开心，都是未来的回忆和故事；即使难过过，若懂悉心领受，未尝不是宝贵的生命成长课程。

今年南亚学生特别多，以印度为主，也有巴基斯坦、斯里兰卡和孟加拉国学生。或因陌生，本地宿生较少跟他们沟通往来，但他们自成群体。宿舍广场的夜里，十点左右，响起本地生的口号呐喊。之后，换人也换声，经常传来南亚同学的朗朗嬉笑，他们喜欢在空地散坐闲聊，都是大学生了，却又像稚童般从管理处借来小小的、矮矮的手推车，女生坐其上，几个男生在旁又推又拉，在逐风的速度感里挥发青春。

偶尔跟他们聊天，发现大多有不错的家庭背景，有的也比较贫穷，却都是故乡名校的尖子，凭一己之力争取了出外留学的机会，灵敏优秀，语言天分也凑巧地都特别好。口音当然是有的，正如我们有我们的腔调，但只要聊上三分钟，听习惯了，通常沟通无碍。他们的听力尤其敏锐，本地生偶尔会听不懂他们的英语，但倒过来，无论本地生如何随便讲出一堆中式英语，南亚学生总有办法听懂了解。

大部分南亚学生吃素，当然更酷爱咖喱，所以每天傍晚当我回家，不管是大堂的交谊室，还是当电梯门在不同的楼层开启，总会闻到浓烈的香的、酸的、辣的气味。咖喱亦是我的菜，我吞一下口水，饿了。今年入宿注册那几天，在某楼层跟两个新生聊天，刚离家的大男孩，各自捧着一个塑胶箱子，里面放着瓶瓶罐罐，黄的、红的、青的、棕的，都是咖喱粉、咖喱酱、咖喱膏之类调味料。

什么是故乡？之于他们，或许咖喱的味道便是故乡了。带着故乡来到香港，在陌生的城市，在舒适的宿舍，在开放的厨房，隆而重之打开箱子，选一瓶香料，卷起衣袖，替自己烹调一道香气四溢的咖喱素菜，有人也吃鸡肉或羊肉，但不管放进嘴巴的是什么肉和菜，只要有咖喱，便觉离家不远。

今年中秋我约了几个印度和巴基斯坦学生聚餐。不出门了，就在宿舍，而且我倚老卖老，不动手，让他们"侍候"我。菜钱、肉钱由我承担，他们负责下厨，我要求他们尽显本领，把"故乡"介绍给我，让我在咖喱香气里多了解他们的饮食文化。

这样的"咖喱中秋"之于我是非常特别的。南亚风情在喉舌间滚动流窜，若"吃醉"了，月色或更迷蒙，也更美好。

六尺七

大学舍堂每年都有篮球比赛，我所属的舍堂，咳，必须承认弱势，每年的成绩都不算太强，除了这一届比较突出，极有可能取得史上首个冠军。

理由？

球员当然是关键，突然出现了几位擅长篮球的舍生，便亮了，尤其有了一位身高六英尺七英寸的交换生，担任中锋，控球在手，前后左右皆在其视野之内，传球给队友，得心应手，在输赢分数以外，替球赛创造了不少刺激和乐趣，即连输了球的对手亦觉得好玩，面对他，有点像在打 NBA 的奇幻错觉。这位六英尺七英寸的年轻男孩，就被我戏称为"六尺七"，英文显得比较尊重，我叫他做 Mr. Six Feet Seven，他听了，笑得既自豪也腼腆。

六尺七先生来自奥地利，父亲比他矮，弟弟却比他高，足足有六尺九。刚见他时，我惊问："怎么办呀，同学？我们的宿舍睡床只有六尺长，不够你睡。这样吧，只有两个解决方案：一是你每天站着睡觉，顶多我们只收你一半宿费；另一个是，干脆我们在两间相连房间的墙壁上打一个洞，你横着睡，上半身在 A 房，下半身在 B 房，可是这样做，我必须收取你双倍的住宿费用啊。"六尺七先生知道我在说笑话，哈哈朗笑，回应道："好呀，随便你，我都可以。"

真正的解决方案其实很简单，只要在他床头添放一张桌子，高度尽量跟床相等，铺上厚厚的被垫，便行了。他睡得安心甜美，夜夜好梦。他说出外旅游住在酒店，亦是采取这样的安排，习惯了，不以为苦。

才二十二岁的年轻人，不管言谈还是神态都非常成熟，远比大部分大学生更像大人。或跟出游经验丰富有关，成长于奥地利北方，通晓三种语言，到其他欧洲地方走逛，开车只需半小时或一个钟头，没有签证麻烦，简直比从柴湾到大屿山更方便。世面见得多了，便不容易大惊小怪。我接触的许多由欧洲来的交换学生都有类似背景，所以二十岁出头已是小大人，能够坐在餐桌面前跟你畅谈金融风暴和高龄化趋势，他们说，从中学开始已经要做 project 报告这类题目，读了一堆，也抄了一堆，即使没有主见，至少肚皮里面收藏了不少基本常识。

愈来愈多交换生来到香港，能否刺激本地学生"见贤思齐"？我不知道。但我明白，愈来愈多本地生出外交换学习半年，是极好之事，开过眼界，回来后都成熟了，至少在说话时勇于，或者愿意直视对方，不会过度害羞或无故张扬。大学之间的"交换贸易"，愈多愈好，是教育投资的好生意。

台风假期

八号台风天不必上班上学，却仍有一些外地来港的大学生不懂行情，一大早爬起床，没有上网，没有听广播，没有看电视，也没有向邻房同学打听打听，刷牙洗脸后背起书包，出门上学去，像毛主席的教诲："好好学习，天天向上。"

然而搭电梯到了宿舍大堂被保安员劝言，今天没课可上，大可回房间再睡一觉。

年轻的孩子脸上立即涌起一阵暧昧的情绪：有几分失落——白花了出门上课的力气，衣服白换了，头发白梳了，早知道一觉睡到自然醒；可是同时又有几分亢奋——不必坐在沉闷的教室聆听沉闷的讲课，无故多出了八个小时的自由时间，心情顿然轻松下来，仿佛在法庭上被判"无罪释放"。

那个早上我在宿舍大堂见到几个学生，他们气冲冲地、裙拉裤甩地冲出电梯，得悉课堂取消，不约而同地高举紧握的拳头，凌空挥动一下，低声喊句"yeah！"，而我相信，不管是小学生、中学生还是大学生，当遭遇类似情况，反应亦必类似。

但我总是扫兴地问学生一句："宿舍饭堂也休息了，你有饭吃吗？

会不会饿肚子？"

学生都是先皱一下眉头，但马上释怀，回答道："没问题，我房间里有饼干和泡面，饿不死。"说完便头也不回地冲进电梯，冲回房间，享受意外得来的台风假期。

望着他们的背影，我忍不住笑了：真像。如果我家大女孩在异乡遇上台风天而不必上课，开心的反应亦必一模一样。有点奇怪的倒是，宿舍平常颇为嘈杂，学生们挤来走去、进进出出，制造了一阵又一阵的青春骚动，可是到了台风天，明明都留在宿舍里，不知何故，楼层之间反而变得非常宁静，听不见半分嬉笑喧闹，宁静得异乎寻常，而又略带诡异。

都留在房间内睡回笼觉？坐在书桌前上网？瑟缩在被窝里看书？抑或，坐在 common room（公共休息室）的落地大窗面前，凝望着横风暴雨，想想前途，想想家，想想爱情，想想人？

台风天的大学宿舍，减了热闹，添了肃穆，这是我在搬进来以前从没想过的情景。喧嘈有时，安静有时，年轻人自有他们的一套心情取向。

然而一切到了下午三点以后便恢复正常。该睡的都睡醒了，上网的人也玩累了，书本更是不会长久阅读，想家想人亦已足够，年轻的心重新跃动，待风雨稍歇，都成群结队出门吃喝寻乐去了。

喧哗重临，热闹回归，又是一个青春不眠的夜晚。

宿舍岁月

台风天过后遇见学生，问他们："昨天有挨饿吗？饭堂没开门，房间里有存粮吗？是不是吃了一整天的饼干和泡面？"出乎意料地，学生无不高高兴兴地说："没有啊，房间里备有食物，即使不吹台风，平常亦要吃夜宵，空着肚子睡不着；即使没有存粮，亦会跟邻房同学借或要，有福同享，一起在小厨房里玩煮饭，有粥食粥，有饭食饭，玩得非常开心。"

这我就放心了。年轻人总有办法解决问题，住在宿舍的其中一项好处是有机会学习"相濡以沫"和"雪中送炭"的真谛。他日混迹江湖，反只易明白什么叫作"锦上添花"和"跟红顶白"，若干年后回忆起来，今天的岁月是何其难得与真实。

本地学生比较不太担心，因为有家可归，搭巴士或地铁回到家里；就算路程远了一些，踏进门，有饭可吃，有汤可喝，再好好睡一觉，明天回校再战。外地生则有点孤苦伶仃之感，被风雨困在小小蜗居之内，家在远处，稍为感性便易触景伤情。有内地同学说，打手机回贵阳老家，按键时快快乐乐，但当听见妈妈的一声"喂……"，再望一眼窗外风飘雨摇，鼻子一酸，眼泪便流出来了。

人在外地，若在风雨天遇上生病日，更是惨上加惨，此时若有人伸出援手，不管过了多少年，忘不了就是忘不了。大一那年，我住宿舍，有一回发烧生病，适遇三四天的长假期，台湾室友都回家了，剩我躺在床上，体力全无，没法动弹，几乎没任何东西下肚，连爬起来上厕所的力气都没有，半闭着眼睛望向天花板，天旋地转，幻想这是香港湾仔的老家，泪水从眼角渗出沿腮边流下，惨若秦汉的文艺国语片。幸好其中一位室友忽然回校取物，见我"病危"如斯，慈悲发作，扶我起床，用电单车载我返家，由其母亲煮粥煲汤照料了一天一夜，那股温暖感受同样令我如置身于悲情国语文艺电影。

我一直记得那段路程：整个身体瘫软在室友的背上，他骑着电单车，疾速前行，风声在我耳边呼啸嘶叫，我觉得背部极凉，但胸部极温暖，脑海一片空白，只是不断地问，到了吗？怎么还没到？到底还有多久才到？重复地问，不知道问了多少遍，问到几乎放弃了，电单车便停下来。室友扶我进屋，小狗绕膝吠吠，因是假日，所以四周异常宁静，我松了一口气，感觉这就叫作"快乐"。

人子，人师，人父，岁月在循环，又是台风天，宿舍岁月，时间过得未免太快。

深夜食堂

　　学期末的大学宿舍，气氛是意料之外的暧昧，年轻人不必上课了，除了跑到图书馆做 group project（集体项目），便是留在舍堂温习和赶报告。二十一世纪的大学课业比以前繁重得多，学生被压得喘不过气，每个人的脸上神经都绷得紧紧，仿佛无不处于崩溃边缘，然而，又都算着手指头期待噩梦尽快过去，憧憬着两个星期后的好日子，所以眼神同时闪烁着丝丝压抑着的亢奋。

　　青春的脸容，此时此刻最复杂。在舍堂碰见好多学生，在电梯里，异口同声诉说自己有几天几夜没睡觉了，"我三天""我四天""我一个星期"，各有一腔苦水要吐。诉苦的话语难免稍涉夸张，但痛苦又是实实在在地存在，我们都当过学生，我们懂。望着他们，想起距离九月开学时分只不过一百多天，怎么都成熟了，也都消瘦了，或许真的是因受着课业压力的煎熬。

　　好日子尚有多久才来呢？大概二十天吧。当好日子来时，他们会做些什么呢？大概是打工赚取零用，约朋友无日无夜地吃喝玩乐，狠狠地谈一场圣诞恋爱，出外短程旅游开开眼界，参加各式各样的义工活动，筹备下学期到海外放洋做 exchange students（交换生），诸如此类。最不济亦可留在家里嗨他一嗨，总之，必须储存足够的心志和体力。很快又开学了，下学期，再战江湖，又是另一场折腾、压迫。

黎明前的黑暗最黑暗，大学舍堂特地把活动中心二十四小时开放，摆满桌子椅子，谁要来熬夜看书，欢迎，请自便，算是在黑暗里点燃若干光明，算是"黑中送光"。此乃舍堂办事人员的善良体贴，学生必能领受，只是没有肉麻地说出感谢。

在活动中心开夜车，肚子饿了，总得吃些干粮塞塞肠胃。有时候是独吃，有时候是共享，宁静之中响起有滋有味的咀嚼声音，变成了温暖的另类配乐。今夜，这里，既是"考试备战室"，亦是大学版的"深夜食堂"，若干年后，学生或会深深怀念。

好了，看看手表，十二点了，活动中心外忽然爆出欢呼的歌声和掌声，原来有人的生日来临了，同学们暂停读书，群集于草地上为她祝贺。生日歌重复唱了三遍，广东话、英语、普通话，都唱起来，凌晨的草地变成舞台，大家都是主角，谁都不能缺席。

我没有加入，只站在窗边听听，看看，并且遥远地对同学说了一声："生日快乐！"

那一年的旁听生

那一年，我在香港城市大学替本科生开了一门跟阅读和出版有关的通识科目，早上九点钟的课，每个星期三挣扎起床，痛苦难堪，偶尔迟到，非常不好意思。准时的倒是一些学生，尤其是旁听的学生，从香港中文大学来，从香港大学来，我的"人气"，嘿，是不错的。

有位香港中文大学的研究生，来自上海，后来据她说，每周三她清晨六点半起床，老远来到九龙塘，放下书包占了前排位子，然后到餐厅吃早点，然后前来专心听课。毕业后她回到上海，与我和张家瑜成为朋友，并开展了不少文化活动的合作项目。旁听的缘分，可以由浅入深。

另一位结缘的旁听生便是关仲然，即 Tommy，而我惯称他作"Tommy仔"，或者"四眼仔"。

那一年，他是香港中文大学的本科生，高、瘦、斯文，俊朗，戴眼镜，打扮时髦而得体。他坐在位子上静静地听着我在讲台上侃侃而谈，看在我眼里是非常硬核的"文青"。课后他趋前跟我聊天，后来，再聊，相约吃饭见面，交上了朋友。但与其说是聊天，不如说是我讲他听。我比他整整年长三十岁，或许我们面对长辈都是这样的，都是听得多而说得少，尤其面对像我这样的"放肆系"长辈。我口没遮拦，我口若悬河，我口水多过浪花，他就只安静地、专心地聆听，再聆听，点着头，用笑声回应我的无聊笑话和粗鄙脏话，扮演着称职的"独家听众"角色。

再后来便不只是听众了。我们经常见面，甚至我和妻子与他和他的女朋友会结伴到外地旅行，而有些适合的文化演讲活动，在香港，或台北，或内地，我找他跟在身旁做临时助理，既可帮我忙，也让他有机会见见世面与人情；我有时候发他工资，有时候没有，但不管有没有，他都会礼貌地传讯表达"感谢带我开眼界"之类，懂事得有着跟他年纪不太相衬的世故。

大学毕业后的 Tommy 仔前赴英国攻读硕士。我猜想只是一两年的短期进修，学成回港他便会投入工作，或考政府"AO"，或做传媒记者，或变身公关。总之，凭借他的人脉和才能不难找到晋升的出路，而到最后，如果运气不太坏，自能指点江山，名成利就。我对这位求知欲旺盛（他是书迷，见书必读）、"EQ"人缘强劲（他成功争取了许多出版和传媒机构的实习机会）的年轻人怀抱信心。可是，我错了。硕士课程结束后，关仲然决定继续升学，读博士，做研究，在学术领域漫游探索。Tommy 仔没有走上"KOL"（关键意见领袖）之路，可能因为那太容易了，不好玩，不刺激。他选择的是另一条更为艰难的道路——他要做读书人，说严重些，是想做知识分子。

这可是认真而严肃的承诺啊！对于他自己，关仲然在书里是这样表达的："选择读博士的都是成年人，每个选择都应该是思前想后的结果，选择了就好好走下去，才算对得起自己。或许几十年前，还有读大学、读博士是'天之骄子'的神话，但如今若仍然幻想博士毕业之后可以轻易取得终身教席、可以立即升上神坛前途一片光明的话，其实跟相信'大赌可以变李嘉诚'没有两样。做博士研究，走学术路当然困难，但如果我们对自己有要求、对生命认真的话，无论读博士做研究，抑或上班工作，其实都一样困难，无分别。"

是的，选了，便得走下去，而且要努力地走下去，所以关仲然在英国读书的日子里，努力读，闭门读，如他所说："我选择了走读书的路，读书就是我的工作，所以必须拼命去读，将书单上有的都读完，那时候，虽然一个星期只有两天有课，但那两天也是我唯一会步出宿舍的日子。"

然而书房以外的世界毕竟仍在召唤青春，关仲然的留学脚印经常以不同的理由延伸到地球的不同角落，他去看、去听、去观察、去体会，用读书人的身份去跟世界对话。而无论是在书房以内还是以外，是忙碌还是悠闲，是沮丧还是欢欣，他都跟一些自小养成的文化品位和生活嗜好不离不弃，如品鉴威士忌，观赏英国足球，聆听古典音乐，他享受，思考，分析，讨论。

这便要谈我曾向 Tommy 仔说的一句话："攻读博士，真正意义并非为了选择将来要做什么职业，而是选择一种精神生活方式。"Tommy仔当时略带微笑地望着我，没说同意，也没说不同意，他总是那么沉静，从踏进我的教室到坐在我家客厅，从做我的旁听学生到成为我的忘年小友，都没变。

《孤独课》正是一位年轻读书人的精神生活方式的文字记录。过去几年，关仲然处于外地留学的游走状态，知识是他的核心养分，并由此衍生枝叶，透过书写，在香港不同的媒体上用"亚然"的笔名向他的同辈读者展露容颜。日后的关仲然肯定会继续写写写，写出更多的或许更深刻的文章和论著，但日后的挑战和磨炼亦必更多，所以，作为他的第一本书，《孤独课》的难得意义在于记录了他的"纯真年代"，让读者看见并伴随他的精神游荡。是的，读者。不一样的读者有不一样的心情。资深读者如我，读了，最强烈的感觉是羡慕，甚至妒忌，年轻真好啊！其实自己也曾有过这样的年轻，可惜已经回不去了。青春读者或许如你，读了，如果你亦是跟关仲然类近的读书人，想必能有深刻的共鸣，暗暗感动于原来世上确有声气相投的陌生同志。

而于若干年后，当关仲然不再年轻，当他站到学院讲坛，说不定亦会瞄见最前排坐着一位旁听生，用他昔日所曾拥有的青春眼睛仰望台上，下课后，亦会趋前跟他聊天，然后成为他的忘年小友，并且选择相同的读书人的道路。只因旁听生曾经读过这本《孤独课》，兴起了他在书中序里所写的相同念头："即使年代已经不同，我也想过一次像他们笔下的留学生活，然后把自己的留学生活记录下来。"

一代连一代的读书人的精神生活，确是常用这样的方式记录和传承下来的。而读书人，其实从来不孤独。

蹲地教书法

在课堂讲学的最大快乐是看见学生的眼睛里有"火"，被你的某个观点挑动了情绪，或启动了潜藏他们心底的对知识的好奇心，这时他们的眼睛像在说话，定神地望着你，等于在大声渴求：请多说一些，请说多一些，我极想极想进入这个神秘领域探索知识，分享知识。

快乐之上更有"超快乐"。

当学生不止于专注聆听而更热衷于表达意见，加把口，参与讨论，甚至跟其他学生激烈辩论，你站在旁边，先别插话，让他们尽情发挥，观点和意见或相冲，或相合，或言之有物，或逻辑不通，都可以，都没关系。学生之为学生就是因为不懂才要来"学"，且让他们在不通与不懂中领悟，想错了，回头读点书，自会有机会想得对。

更何况，什么是对，什么是错，亦不一定能由授课的人说了算，大家都有发言和思考的权利。

又更何况，世上有许许多多事情需要时间酝酿和领悟，尤其关于文化社会的曲折变化，如同民国作家所曾言语，"来日大难，任你讲得唇干舌燥，他们仍是不懂"。唯有在岁月流转里有了某些自身经历，到了某年某天，始会恍然：呀！原来如此。于是记起了某年某天曾听某位老师说过的某些话语，原来早已有人提点，只是当时惘然。

然而，快乐的反面是挫败。当学生的眼睛明明有"火"，却不知道为了什么理由不肯或不敢发言，沉默地望着你，没有半个人提出半个答案，你实在气馁。

于是我曾出怪招，突然蹲在地上，仰望他们，邀请他们发言。我说："可能因为我站你坐，这种相对位置令我变成'权威'，你们便不敢表达意见，只愿被动地接受意见。现在我蹲着了，你尊我卑，你们才是权威，你们拥有了'身体位置'上的话语权，那么，请吧，请放心说话。"

果然，第一位同学开口了。接着是第二位。再来是第三、第四、第五，以至于第n位，一位接一位说话，一个接一个表达见解，交锋激荡，把教室内的讨论气氛炒热如楼市。于是我"功成身退"，可以站起来了，头有点晕，中年人不应蹲太久，几乎猝死。

我会不会是史上第一个蹲着讲课的老师，我不知道。世上无奇不有，可能早已有人采用此法。我只知道，这招有助于激发思考，得到了我希望得到的效果。但当然一招只能用一次，也只需用一次，启动后，学生的脑袋自行运转，日后的课堂我便省力得多。

等到下学期来临，换了一批学生，看来，我又要再蹲下来，如果有需要的话。

忽然回到六十年代

　　我读大学时已是二十世纪八十年代，赴美读书时又是九十年代，错过了六七十年代的大学"课室无政府主义"风气。倒是听洋教授回忆过点滴，一边听，一边向往叹羡，暗忖：这码子的上课方式，真是黄金盛世。

　　洋教授是二十世纪六十年代末的美国西岸大学生，他笑道："那年头啊，真是为所欲为，谁也不理谁，只要我喜欢，没什么不可以。"他口中的那年头的大学教室，学生的上课出席率甚低，就算来了，也常姗姗来迟，高兴何时来到便何时来到，喜欢何时离开便何时离开。教授们管不了，也不会去管，否则会被视为保守派的老古董，被咒骂、被嘲笑、被厌弃，甚至被各式各样的校园小报撰文攻击。

　　来到教室的学生们，有些刻意穿着睡衣睡袍，也戴着睡帽，强调回归自然。穿便服的，亦多是长袍大袖松领口，其实跟睡衣睡袍没有太大差别。还有人拖拉或怀抱着动物进门，大狗小狗、黑猫白猫，还有可爱的天竺鼠和花纹兔，人宠之间，和谐共济。

　　坐下来了，学生们亦放任自为，抽烟的抽烟，喝酒的喝酒，还有人抽烟斗，教室内烟雾弥漫是寻常事，人嗨自嗨，一片欢愉，是思想和精神的共同解放。

洋教授在九十年代缅怀六十年代，似在忆述一出刚看完的荒诞闹剧，身是戏中人，只是当时已惘然。余生也晚，错过了那年头，但料想不到的是，当下透过所谓 online interactive teaching（网络互动教学）的方式教学，竟亦隐隐然有了那年头的若干自由，甚至在某些方面更多，而非更少。

实践网络互动教学，为的是尽量让学生留在家里，各自躲在计算机屏幕背后，那就很难不"自由放纵"了，而那不见得是什么坏事。许多老师意外发现，网络教学的出席率甚高，几乎接近百分百，或真因为学生根本不出门，反正困在家里，启动计算机，跟同学们互动一下，通通声气，在疫情时期稍觉温暖。而且进入了课程平台，老师通常没要求启动视讯，那么，你一边打字一边听书，multitasking（多任务处理），谁都无法奈何你，只因无法得知。

至于上课时的穿着打扮以及坐相、仪表，更是各施各法。在家里，睡衣便服是理所当然，而且不一定正襟危坐于计算机面前，大多是半躺床上，把手提计算机置于膝间。也有人除了跟计算机同行，更跟宠物同行，偶尔又打开镜头让猫狗露脸，跟同学们见见面，大家开心。又有同学竟然自曝说一边抽烟一边听讲，校规只管课堂行为，可管不到家里的吞云吐雾，幸好烟雾无法夺屏而出，你抽你的，高兴就好。

进行了一两回这样的网络教学，真心认为效果不错。学生比在课堂内发言更踊跃，声音或打字，皆有表态。下课了，忽然觉得一下子回到了六十年代，那年头的某些侧影浮现于眼前。——你说时光不会倒流？你，错得厉害了。

另一种网络公平

关于网教与网学，一位学生有这样的点评，四个字：比较公平。

公平？我听得糊涂。怎么跟我向来想象的不太一样？不都说基层家庭的学生上网比较困难吗？网络流量、家居环境、计算机设备，诸如此类的条件皆较吃亏，网络教学有着太多的"隐性阶级歧视"，怎么会说公平？

原来学生谈的是另一种公平判准，毕竟任何事情皆可用不同的尺去量度，你用的是不同的尺，自会得出不一样的数字。

那位学生所想的公平是关乎网络课堂的操作状况。他说，教学时，老师通常不会强求同学打开镜头，所以在老师眼里，较能"一视同仁"，不会对学生有太多的"视线分配偏差"。

原来站在学生的角度，课堂上，老师尽管面对全班学生，但视线并非平均分配，而是因为某些理由偏向某些学生，譬如说，那些懂得边听课边点头，甚至不断"嗯、嗯"回应的学生；又如说，那些积极发言答题，甚至经常举手发问的学生；再如说，先前修读过同一位老师其他科目、跟老师有过学习沟通的学生；甚至于某些穿着打扮都醒目，无论男女，比较吸引老师注目的学生……原来老师或许不自察觉，但坐在讲台下的学生，都能清清楚楚见到老师的"视觉动线"，占优势的会沾沾自喜，处于劣势的难免不悦，心里有所不满，由之冒起了敌意和筑起了围墙，恶性循环，在学习上便容易更为吃亏。

若非学生提此一说，教学多年的我竟然无所察觉，或即使有所察觉，亦不以为意，觉得只是小事，不至于对学习构成影响。但学生终究才是学习的主体，他们的感受才最关键，而在网络教学的过程里，老师基本上只对着屏幕，一个个学生都是屏幕上的一个黑色方格，上面有白字，写着他们的英文姓名，就在 blindfolded（蒙住眼睛）的情况下教学，较能减低"视觉动线"偏差，先前在教室觉得"吃亏"的学生再不觉得吃亏。

他们甚至有机会由逆转胜呢。有些学生喜欢在个人档案上贴出怪趣照片，或宠物猫狗，或儿时童照，或美食佳肴，平日在课堂恨不得自己是隐形人的学生，躲在屏幕背后，变成勇于现身、擅长用别出心裁的方式告诉老师和同学：我在这里。我也在，把眼睛转过来。老师注意到了，禁不住多问几句，话题不一定跟科目内容有关联，对学生而言却是非常关键的正向鼓励。年轻人心里往往既单纯又复杂：嘴里说不希望自己成为注目焦点，但你若无视他，他很容易感受到深深的伤害，许多时候只要轻轻关怀一言半语，便如发动了汽车引擎，他会用不可测的力量往前冲去。

一旦有了足够的条件支援，网教有网教的"公平"，老师若能领悟，他日返回教室，在教学上，必有另一番的"提升"。

不只是大学生该听的演讲

九月开学，陆续有旧生回校探班，看看师弟师妹，也顺道跟老师们吃饭饮茶。其中一人抱怨自上班以后，忙虽忙，却感空虚，非常惶恐就这么一路空虚下去，一眨眼已经老去，一事无成，头脑变成一片空白。

确是常有之事。莫说是学生了，连老师亦会如此：一个学期又一个学期地教下去，教下去，再教下去，拿着旧讲义照本宣科，新来的讲师，老去的教授，极容易变成脑袋好像载满了学问却其实只是塞满了搵食材料的"教书匠"。所谓论文研究，纯属申请升级的应景之作，景过了，一切沦为自欺欺人的无用故纸。所谓意义，所谓贡献，所谓"影响因子"，十居其九只是笑话。

所以我想起《世纪》副刊日前谈及的胡适。

胡适做过北大校长，常在毕业典礼上演讲，有一篇讲话他说过几遍，甚至到中学演讲也把同一篇讲辞改头换面再说一遍，"自我抄袭"，却是非常有意义的抄袭，目的只在于对适合的听众说最适合的内容，而这番内容，其实不只适合让年轻学生聆听，亦适合用于所有仍然对生活保持一丝丝憧憬的社会人。

演讲里，胡适先生主要给大学毕业生和中学生开出三味药，但在开药以前，他先点破两点常见毛病。他说得严重，把毛病称为"堕落"：

"第一是容易抛弃学生时代的求知识的欲望。你们到了实际社会里，往往所用非所学，往往所学全无用处，往往可以完全用不着学问，而一样可以胡乱混饭吃，混官做。在这种环境里，即使向来抱有求知识学问的决心的人，也不免心灰意懒，把求知的欲望渐渐冷淡下去。"

胡适先生又说："第二是容易抛弃学生时代的理想的人生的追求。少年人初次与冷酷的社会接触，容易感觉理想与事实相去太远，容易发生悲观和失望。多年怀抱的人生理想、改造的热诚、奋斗的勇气，到此时候，好像全不是那么一回事。……回想那少年气壮时代的种种理想主义，好像都成了自误误人的迷梦。从此以后，你就甘心放弃理想人生的追求，甘心做现成社会的顺民了。"

要预防堕落，或要纠正堕落，该怎么办？

胡适先生开药了。他开出的第一味药是："总得时时寻一两个值得研究的问题。"他提醒大家，问号是知识学问的老祖宗，有了一个有趣的问题天天逗你去想他，天天引诱你去解决他，天天挑衅你、笑你、辱你，你却无可奈何他，便可保持心里求知之火。问号是关键。下次，再听胡适说什么。

总得有一点信心

　　年轻人步出校门后容易糜烂消沉，浑噩无聊转眼已到中年，如何预防此事发生，听听胡适先生的建言提醒是大好之事。话语虽然发出于七八十年前，但话语有用，时间隔得再久仍然有用，只因情景虽变，年轻人却仍容易消沉浑噩，相同的一番话语仿佛似对当下之人而发，再听再想，有着相同的意义。

　　上次已说，胡适给年轻人开出了三味药，首先是"总得时时寻一两个值得研究的问题"，让问号在心底如火种般燃烧，生命，便仍有火，头脑和知识便时刻向前挺进。

　　第二味药是"总得多发展一点非职业的兴趣"，简单来说便是，hobby（业余爱好）。这点听来不难，做来却亦不易，关键在于如何选择。胡适提醒大家："一个人的前程往往全靠他怎样用他的闲暇时间。他用他的闲暇来打麻将，他就成个赌徒。你用你的闲暇来做社会服务，你也许成个社会改革者。或者你用你的闲暇去研究历史，你也许成个史学家。你的闲暇往往定你的终身，特别在这个组织不健全的中国社会，职业不容易适合我们性情，我们要想生活不苦痛或不堕落，只有多方发展业余的兴趣。……有了这种心爱的玩意儿，你就做六个钟头的抹桌子工夫也不会感觉烦闷了，因为你知道，抹了六个钟头的桌子之后，你可以回家去做你的化学研究，或画完你的大幅山水，或写你的小说戏曲，或继续你的历史考据，或做你的社会改革事业。……生活就不枯寂了，精神也就不会烦闷了。"

这番话稍嫌过时，现在的人们，下班后还有精力做研究和画山水，肯定是意志超强的人，而这种人，能坚持一年，不一定可坚持两年，祝其好运；但问题是即使工作境况稍佳的人亦不见得愿意好好利用公余闲暇，虚耗光阴，与人无尤，该责怪的只能是自己了。

胡适开出的第三味药是"你总得有一点信心"，对时代、对别人、对自己，都是。唯有怀抱信心，我们才愿意对自己和别人以及时代付出，肯努力，肯忍耐，也肯守住基本的理性和文明，否则，只会煮鹤焚琴，自相残杀，同归于尽。胡先生说，"我们今日所受的苦痛和耻辱，都只是过去种种恶因种下的恶果。我们要收获将来的善果，必须努力种现在新因"，"今日的失败，都由于过去的不努力"，"今日的努力，必定有将来的大收成"。

这便是胡适的不过时了，多像对今之香港年轻人所说的话语。听听想想胡先生，不会没用吧？

贰 一

嘈切

Side A — 减法生活

"用减法过日子"，

意味割舍生命里的不必要的执着与贪恋，

别给自己制造太多包袱，

要轻轻松松过日子。

隔离酒店

因为家人隔离，经常需要送餐，在手机年代里，亦有无奈中的趣味。

先开车到酒店旁，在附近的餐厅巡回探视，站在门外，拍下菜单照片传送出去，收到回复确定，买了，送到房门外即可。有时候还全程直播，由挑选到付款到等待，让家人透过屏幕"亲历其境"，尽管肉身并未外出，却仍有若干生活质感，隐隐觉得逃脱了小小房间的四堵围墙。十四天，三百三十六小时，若不想方设法找寻卑微的小乐趣，怎么熬得完？

酒店在尖沙咀，闻说已有几例新冠肺炎患者确诊，当然心惊胆战。但没法子，早已入住，唯有鼓励家人咬紧牙根顶硬上。每回进出酒店，见柜台后面坐着两三个年轻员工，偶尔有事询问，他们皆礼貌以答，让我感动得千谢万谢。在这样的环境里上班，每一秒都是压力，找工作艰难而无法辞职，是一回事；继续上班却仍能尽责并且有礼地对待客人，又是另一回事。他们替灯光昏暗的这间酒店注入了温暖的阳光。

但话说回来，踏入接收隔离住客的酒店，确有几分似出入"战地"。站在电梯门前，有穿上全副防护衣的职员替你量体温。之后，你按电梯，当然要戴手套了，电梯叮当一声打开，你冲进去，此时忽然有其他人从外面冲进来，手里亦是提着食物盒之类，一看即知跟你一样负责送饭；

电梯门闭上，几个人挤在窄窄的空间里，无不低头并且闭气（我猜），既怕对方是无病症的带菌者，更恐惧先前的确诊住客把细菌留在电梯里面。——短短的十秒八秒，度秒如年，爱因斯坦的"时间相对论"在心理上再次正确。

有一回电梯到了我去的楼层，步到走廊，竟见两个职员在朝天花板狂喷消毒剂。可真吓人。这到底是防御性的消毒，抑或是旁边房间有人中招？中央冷气真的不会出事吗？我瞄一眼职员，对方也瞄我一眼；我投去担心狐疑的目光，对方眼里透露的则是，一种我说不清的讯息，仿佛是安慰，仿佛是同情，但更多的是无奈，仿佛我和家人和他们皆是"同病相怜"的受害者。在瘟疫之下，在这世情之下，唯有各自在岗位上努力，我送饭，家人忍耐，他们则是尽责清洁。而我们每个人都需要一点点的运气。

世情越是艰难，运气越重要，信心越重要，体谅和包容当然亦是关键。疫情总会过去的，到那时候，若能因为自己的良善品格感到光荣，便值得了。

书单

趁着抗疫时期在家读书和清书。后者，昔日是每隔半年做一次，把书清出，送往义卖之类。如今虽未到预定的时间，却亦是适当的时候，问题只是堆了十几箱书在屋里，值此混沌局面，没有团体前来搬走，家居凌杂如货仓，有了不大不小的烦恼。

但在满室纸箱之间阅读，倒有怀旧味道，像年少时的家，亦是人声嘈杂，看电视的看电视，打麻将的打麻将，聊电话的聊电话，唯我独自蹲在床边地上乱翻书，空间的困顿、精神的自由，相映自成趣意。

自年初已经定了今年的阅读大计。反正尽量足不出户，正好静心新读或重读小说，经典不经典，都可以，努力一周至少一本，到了年底已是五十二部小说的阅读量，每部小说皆有人生故事，等于经历了五十二次轮回，在别人的或虚或实的故事里体验喜怒哀乐和生老病死。区区瘟疫，困不了我，反而助我壮大了生命体验——但前提当然要是自己先不染病。

一月书单上已有一堆作者和书名。阎连科的《速求共眠》，写他的农村故事，把自己写入其中，说是"非虚构"，却又悲凉得令人希望只是虚构。苏童的《河岸》，中国大地上，不管是河上还是岸上，皆是眼中人。格林的《哈瓦那特派员》，为金钱，为女儿，做情报工作，也只有这才是理由，别来说什么为了国家民族。

还有啊，读过好几遍的《霍乱时期的爱情》，年轻时读它，感动于男女主角的爱恋意志，如今再读，深深感动的只是他们的伤感与无奈。结尾处，费尔米纳感慨："他们像被生活伤害了的一对老年夫妻那样，不声不响地超脱了激情的陷阱，超脱了幻想和醒悟的粗鲁的嘲弄，到达了爱情的彼岸。因为长期共同的经历使他们明白，不管何时，无论何地，爱情就是爱情，离死亡越近，爱得就越深。"而后来，阿里萨忆起昔日曾经交往的情人，忍不住"把自己关在厕所，痛痛快快地哭了一场，一直流到最后一滴眼泪。只有在这时，他才有勇气承认他曾经是多么爱她"。爱情如瘟疫，死者存者，其实都无资格自称为胜利的赢家。

二月开始，又读了柳原汉雅的《渺小一生》，九百多页，有点吃力，幸好写四个男人的伤痛和挣扎，亦是动人。跨不过去的伤痛，一不提防，亦是无论何时、不管何地，说来便来，把你重新推落悬崖。

之后，读了朱西甯《铁浆》里的几个短篇，都是硬汉故事；再之后，读海明威的《战地春梦》（《永别了，武器》），又见硬汉。但两者笔下的硬汉皆见柔情，否则，太不可爱了，硬到尽头只伤人。

现下手里捧着的是王小波的作品。早逝的作家，先前写下的批判简直是时代预言。二月阅读至此，已是悲凉到底了。

谁最高兴，谁又最不？

社交隔离，谁最高兴？

想必是家里的小猫、小狗。

你日夜都在，喂它、陪它、撸它，对它说话或唱歌，听它喵喵，或吠吠，你们是前所未有的"紧密接触"，甚至比家人更亲近，因为家人之间会吵架赌气，它却只会听由你的指挥，不会驳嘴，不会反问。你便是它的世界，而在隔离期间，它也可能便是你的世界。

当然，猫狗说不定也会稍感厌烦，我不知道，谁都无法知道猫狗的想法，千万不要相信那些所谓的"动物心灵沟通师"，他们只是另一类神棍。我只不过忍不住猜想，猫狗是否亦很需要 me time（自我放松时间），每天有些时候，宁可看不见主人，亦不让主人看见，独自躲在家里某个角落，静静躺着，做自己想做的事情，想自己愿意之所想。如果你的住所够阔、够大，没问题，彼此避开，待到见时将更亲，但万一不幸你家只有那么二三十平方米，stay at home（待在家里），work from home（在家工作），小猫小狗被迫跟你朝夕相见，免不了也有说"够了，够了"的时候。

所以记得啊，隔离在家，亦须懂得分寸，该跟猫狗保持距离的时候便要保持距离。这，叫作尊重。它们也需要。

但有些猫狗可没这种运气，譬如说，路边街猫。在寻常日子里，这城市的某些区域、某些角落，到了固定的时间，会有固定的一些人，或三三两两，或孤身一人，前来找寻等待喂食的猫咪，甚至会付出时间和金钱替小猫们做"TNR"，即捕捉（Trap）、结扎（Neuter）、放回（Return）。据说，这是对流浪街猫最文明、人道的处理方式。如今社交隔离了，不知道这群善心人会否继续出动？会否减少出动的次数？在暗夜里，流浪猫苦候他们不至，望穿秋水，怎么办？饿了，喵喵叫唤，而人仍然不至，可会哭？

流浪猫或不明白这是疫情时期。"夫妻本是同林鸟，大难临头各自飞"，何况是路上相逢的人和猫。但我相信，终究仍会有人对它们不离不弃，仍会有人不管风雨、阴晴，或是病毒，都会把它们记挂在心头，愿意用最适当的方式，戴上口罩，喷洒消毒，继续来到窄巷暗道，对它们说一声"你好吗，猫咪"？然后放下食物，让流浪猫免于饥饿。"时穷节乃见"，不只对待大是大非，即使是日常小事，尤其是日常小事，其实更能考验人们的意志和承担。又何况怎样对待同样有着悲喜生命的流浪猫，根本不算小事。家里的猫是你的家人，街头的猫是大家的亲人，一个任由小猫、老猫在暗角哭泣的城市，是残酷的，亦是不快乐的。

对了，台湾作家朱天心最近出版了《那猫那人那城》（印刻）散文集，里面谈了不少那个岛屿的猫族现况。彼猫此猫，猫同一心。

回来，不回来？

　　好不容易订到了从伦敦回香港的飞机票，比海鲜价更海鲜价，十分钟内，单程，票价从一万二到一万五，到一万八，而且手快有，手慢无。有这么繁荣的市场，航空公司的总经理想必下令急急加开航班了吧？到底是谁在帮谁，还真难说个清楚明白。

　　内地学生亦在抢机票。于是有"拼机"行动，像坐车拼车，加钱租架私人飞机。最新价格是两万美金一个座位，同样，手快有，手慢无。我贪过瘾，跟朋友聊天时问："你不是也有私人飞机吗？何不借我飞一转去伦敦接人？"

　　朋友豪爽地说："好呀，没问题。"
　　停顿了三秒，却又道："但油费自付。"
　　"多少钱？"我问。
　　他说："来回飞一转，大概一百万。"

　　看来还是乖乖让航空公司赚钱算了。

　　留学生，到底回不回来，各有各的考量。留在原地安全与否，是一回事，即使在原地隔离的风险低于长途搭机，却仍需考虑年轻人的心理素质是强是弱，一旦承受不了孤身在外的压力，没有感染新冠肺炎，但压出个抑郁症，亦非不可能的事情。

留在原地的心理压力并不比想象中的低。有的地方，佛系抗疫，任由市民染病以产生抗体，是否科学可行，我不知道，但谁都不确定自己的健康承受力能有多高多低，万一中招，身边又无人照料，医疗费更可能是天价，最后身体被病毒侵蚀，回不去了，终身承受。仅是想到这点，恐怕在外的子女和在香港的父母皆难安寝。唯有日夜通电话、时刻通电话，而越通电话越显孤苦悲凉，倒不如冒险搭机算了。

另外的压力来自周遭环境。你戴口罩，其他人不戴；你惧怕他们，他们厌弃你，互相交换仇视的目光。一天两天无所谓，十天八天下来，心理上筑起了层层围墙，把年轻人牢牢压住。

而且朋友们可能走了十之八九。今天一个回家，明天又一个回家，平日热闹的宿舍或居所变得空荡荡。一群人分别隔离是一种感觉，剩你一人原地隔离又是另一种感觉，人走了，同学们的声音却留下来，在房子内回荡，仿佛有许多声音在叩问，为什么你还不走？走吧，走吧，你确定留在原地会更安全吗？亲人们都在家里等你呢。要病，亦要回到香港才病，亲人在旁是另一种"药"，说不定，有病了，在他们身边亦会痊愈得比较快。

再有一种压力是越来越难购买生活必需品了。货架被清空了，口罩和消毒液都买不到了，连食物亦常见短缺，甚至商店索性关门了。每天在路上搜购物资，亦是高风险。就算这一切这一刻都不缺，谁都难保何时会缺，到那一天才走，恐怕太晚。

所以我说，算了，回来吧。买不了飞机票，游水也回来。

焦虑之春

开学之后的香港，大学宿舍比先前较为寂静。不是安静，不是宁静，是：寂，静。尽管依然人来人往，空气里却飘溢着寂寥的气味，天气微寒，更觉苍凉。

望向学生们的背影，好奇他们的心理感受。

多事之夏，多事之秋，多事之冬。冬去春来，却忽然来个新冠肺炎，原来，初春依旧多事，漫长的青春一下子被压缩为漫长的忍耐，真不知道到底是一种"获得"还是一种"损失"。

宿舍区仍然处于重建阶段，许多出入口关上了门，安全管理也更严格。或许有些本地学生嫌麻烦，干脆退宿。保留住宿位的，亦宁愿经常回家居住，反正留宿的同伴不多，玩乐气氛不够热烈，那就算了，眼不见为净，免得面对空荡荡的舍区，平添惆怅。惆怅感绝非中老年人的专利，当惆怅来袭，老幼不分，年轻人不必强赋新词也可说愁。

何况有了新冠肺炎疫情威胁，浓烈的焦虑情绪无处不在。走在宿舍区以及校园各处，尽管脸孔被口罩遮掩了半截，青春的眼神仍在说着无声的担心的话语，清楚铭刻着"焦虑"二字，焦虑的眼、焦虑的眉、焦虑的发、焦虑的步伐。学生们在集体唱着焦虑的悲歌，众多的脚步合构了一支焦虑的回旋舞曲，耳朵听不见，眼睛看不清，心底却能清楚地感应。

至于外来的同学，想必同样对眼前的现实感到万分迷茫。好不容易放完圣诞假和新年假，回归了，开学了，却有疫情之袭，而且状况不明，不确定"敌人"在何处，风险有多高，怎会不张皇失措？

在特殊的日子里，就算留香港，他们只要避开一些常发冲突的地方，基本上可以不忧不惧。然而病毒无眼，也无禁区，谁都说不清楚什么叫作"有限度人传人"和病源何在，所以何地何区的空气里都可能潜伏着"敌人"。用口罩相见，是互相保护。如果你问我近半年来香港失落了什么，至此，我会回答，是"信任感"和"安全感"，对社会、对他人，以至于，对自己——不知道哪天自己会忽然中招，被送进医院隔离。

一个印尼学生红着眼睛说，父母亲每天打几次语音电话提醒他戴口罩，因经济原因，他回不了家，唯有勇敢面对，亦祝自己好运。另有外地学生，不敢回家了，只好在宿舍里找寻同伴同病相怜。

病毒肆虐的初春，来吧，接受现实，也没有其他办法了。十多年前的SARS（"非典"）经验是：咬紧牙根，加上一点点运气，总会熬得过。请相信我。

残念的宁静

处处围堵，最自在的"旅行"方式是躺在沙发上观赏照片了。三月底的樱花之约无法成行了，屏幕里，繁花盛景却空无一人，冷清清的街头仿佛只为花存在，花，不知道是高兴，抑或寂寥？

有几段视频，某城某处，屋主把摄影机置放于屋顶，面对窄窄的巷道，矮房子在两边道旁，巷口有树，粉的、艳的，一丛丛樱花放肆地怒放，仿佛发出呼唤，喊问着：人呢？人呢？然而无声无息，无人应和。风吹过，拂起地面的花和叶，视频录下哗啦啦的声响，似叹息，也像一个个衣着色彩缤纷的小孩童兀自溜达着，却无脚无腿，无身无脸孔，未免有几分恐怖的寂寞感。

忽然想起海明威写的"闪小说"（有人考证过，他其实并非原作者，但如同"你帅，你说什么都对"，他有名，许许多多传奇便皆归功于他，如同马克·吐温和萧伯纳、尼采名句之类，有八成只是张冠李戴）。

那篇"闪小说"只有六个英文字，据说海明威在酒吧里，几杯黄汤下肚，跟朋友打赌十块钱，吹嘘自己能够用短至六字写个故事。

好，酒友们围拢过来，纷纷掏钱放在吧台上，怂恿，也挑战道："快！写呀！快写！"

海明威好整以暇地喝完桌前的威士忌，抹一下嘴，唤调酒师递来纸笔，在众人焦灼而期待的目光下写了这个句子："For sale: baby shoes，never worn."（待售：童鞋，未用。）简简单单却又悬念重重，足供填进任何或哀伤或悲痛或诡异的想象。谁说文字的动态比不上电影镜头？

影像当然也有影像的魅力。镜头下的巷道偶尔有路人经过，无不低着头，急行疾走，但当走近樱花树，亦无不稍稍停顿，驻足，抬头，此时此刻，猜想他们或在心里暗道："残念啊，残念。"日本人向来赞叹物哀之美，樱花仍然开放，尽管赏花者不多了，却亦能够牵动愁绪，尤其在这疫情下，花季亦是疫季，"花见"变成"疫见"，最好的与最坏的牢牢纠缠，悲欣交集，或许会成为另一种十年难遇的美感体验。

有一回看见视频里出现四口之家——父亲、母亲、两个男孩。儿子们缓缓地骑着脚踏车，爸妈步随在后，来到巷口树前停下，坐在路边栏杆旁，神态欢欣。我忍不住想：只是路过？抑或特地而来？四人都没戴口罩，是甘于为赏樱冒险，不愿意被一片薄薄的罩布阻隔他们跟樱花的亲近？这么美的景色确实值得冒险，何况周遭无人，重要的不仅是"风险"降低，而是这片景色都是他们的了，就只属于他们，错过这回，不知道何时才有下次。

明年疫情应该会过去吧？一旦过去了，游客疯狂般地重临，补回今年的视觉损失，到时候，日本人必反过来深深怀念这趟花期。宁静的残念，不复见，今年其实更应珍惜。

酒吧里的话题

"禁酒令"一旦落实，酒吧除了关门歇业，还能有什么对策？

当然视乎法令的严宽程度了。禁卖酒，不一定表示禁止顾客在店内饮用自携酒水，先到店旁的便利店或酒庄买一堆，踏进店里，如常坐下，如常点菜，只不过多付若干开瓶费，照样可以享受在酒吧里的社交畅聚。

就算不点菜，也可只吃 snack（点心），酒吧收取若干费用，没问题的，大家明白。有点像到时钟酒店，要的是个可让你放肆的空间，所付的金钱是"场地费"。说到底，到酒吧，对某些顾客来说，除了为了酒，亦是为了人，也是为了那个光线阴暗的空间以及音乐，也就是说，为了店内的整体气氛。酒能助兴，却绝不表示无酒不欢。值此艰难时期，或许越有"店格"的酒吧越撑得下去，顾客对此已成习惯，"宾至如归"，虽然遗憾缺了酒精，但只要仍有跟朋友相约，或跟其他客人相遇的乐趣，依然有去消费的理由。至于疫情，是另一个层次的健康风险评估问题，亦涉及社会责任的宏观原则，各有判断，只要法令仍然容许，谁都无法阻止你踏进一个开门营业的地方。

心理学有所谓"陌生的熟人"一词，说的就是酒吧里常见的特殊人际关系。其实老式冰室、街坊茶楼、巷尾大排档和茶餐厅又何尝没有。一个人前往光顾，通常要拼桌，但你绝对不会孤单寂寞，同桌的陌生人或许彼此不会互望一眼，却又很可能会把电视新闻当作话题，你点评一声，他回答一语，然后便是无休无止地你来我往。不一定是争吵辩论，有时候会是共鸣回应，亦常会慢慢地无所不聊，一些陈年旧事、一些身边琐事，都聊到了，仿佛对方是熟识的人，但其实只是萍水相逢。却亦因是初识，有着距离，而距离就是安全感，没有利害关系冲突，可以放心地说，反正说完烟消云散，谁也不会陷害谁。"陌生的熟人"往往分担比心理医生更重要的聆听角色，不必开药，无须慰解，只要有个肉身坐着，聆听了，便有精神支持的作用。

酒精当然是强而有力的沟通催化剂，但少了它，不见得完全失去了进入的情趣。在禁酒令下，就算不自携酒类，就算只喝无酒精饮料，听听音乐，找个话题跟其他"酒"客扯个天南地北，亦是有意思的事情。这个晚上和许许多多个晚上，悠悠长夜，不愁没有话题。

快乐时光

餐饮业界发功跟政府谈判，似乎有些眉目了。他们建议仿效昔时，让酒吧食肆自律，在消毒、清洁方面下足功夫，尽力减低人际传播扩散病毒的风险。

所以我近日以来，天天都去 Happy Hour（快乐时光），以免政府一声令下，从此去酒吧只能饮汽水，望着墙边架上的满排酒瓶，徒叹奈何，伤心欲绝。

吾辈出生于二十世纪六十年代湾仔，很难没有"快乐时光"。有一个说法指"Happy Hour"源自美国海军，每个礼拜的一天傍晚，美国海军在甲板上开派对，放肆饮酒抽烟。后来有女性团体另组"Happy Hour Club"，周末定时定点，只让妇女参加，说女人所说的，做女人想做的，所谓"happy"（快乐）就是"freedom"（自由），老公和子女别来骚扰，只顾让灵魂放肆。再后来，纽约有间酒吧每天傍晚提供"快乐时光"优惠，酒水打折，特价畅饮。此流风扩散之后，由美国而英国，由英国而全球，几乎没有酒吧不效此举，替嗜酒人士节省了若干钞票。

但"快乐时光"的意义又岂止于金钱？在下班之后，在归家以前，亦即每天的黄昏时段，Happy Hour 替许多人创造了一个"松绑"的真空时段。以饮酒省钱之名，你踏进酒吧，点杯啤酒或红酒，或者其他任何酒类，坐在椅子上。可能有熟人同行，更可能只是孤身前往。你把领带松开，伸个懒腰，整个脊背瘫靠在椅背上，心知肚明这段短暂的时间只属于你，完全属于你。你可以暂时忘记办公室里的上司下属，当然，你要沉淀思考一下忙碌工作里的甜酸苦辣也无妨，重点是你抽离了那个熟悉而可厌的办公室，而又尚未返回喧闹嘈切的家中。在酒吧里，尽管仍然有人声和音乐声，可是你仍然感觉到"宁静"——因为你暂时把身份搁在旁边，你不再是职员，或老板，或丈夫，或父亲，你只是一个单纯的酒客，除非你愿意，否则谁都无权来此打扰你。

浅尝一杯之后，你买单，独自归家，适才的"解脱"和"宁静"替你充了电；Happy Hour 是你的 me time，让你有机会回气再上，在夜晚和翌日，再度进行人生拼搏。

快乐时光，意义在此。在禁酒令的阴影下，争取时间继续 happy，是无常生活里的小小乐趣。我们，真的越活越卑微。

虚拟丧礼

意大利疫情严重，一具具棺材搁在地面，阵阵哀伤味道透过新闻照片渗透出来，在宁静的教堂圣殿里，让人渴望能有一只全能的手掌从天空垂下，怜爱地抚平死者和生者的灵魂。

丧礼据说都举行不了了，家属不来，亲友不来，连神父也不来了。但总会有件工之类人员在场吧？有他们，便好办了，在约定的时间里，把镜头 set（摆）好，负责一些最基本的技术动作，然后神父坐在办公室的计算机面前，家属也各自在家，同样面对计算机，用最虚拟的方式向亡者表达最真实的哀悼。

丧礼是人间大信的最后承诺和尊严，仪式或简单或隆重，完全无所谓，最要紧的是要"有"；有，代表死者确曾存活过，或者至少有人记得他或她存活过，并且愿意付出时间和精力跟死者做最后的告别和诉说。一旦失去，哀伤将变悲凄，死者若知，难免有说不出口的深深遗憾。

瘟疫下，意大利的死亡数字与日俱增，这可能是谁都没想到过的意外。记得威尼斯停摆之初，西方传媒访问当地的表演者，一位身穿蓝袍、不戴口罩的男子用爽朗的语调说："没问题的！威尼斯是个被祝福的城市，艺术可以对抗一切灾难！"

多么正向的态度。可是，三分人力七分天，威尼斯继续陷落，意大利也沦陷，甚至整个地球亦奔向崩塌，艺术或有永恒的力量，但灾难却是眼前现实，当病毒来时，终究要灰头土脸地退避三舍。在病毒的重重威胁下，活着的人无不忙乱了手脚，死去的人也就只好委屈，生命的折腾并不"及身而绝"，而是延续到丧礼仪式上；感染时苦了一回，死去后，再苦一回，"二度伤害"，是把世人杀个措手不及的病毒的最大可恶之处。

用虚拟方式进行的丧礼，不知道是何状态。欧洲人依传统会在丧礼上发言，追怀亡者，在回忆里哀悼致敬。其实视频丧礼更能提供这方面的"技术支援"，各自隐身在屏幕背后，可以用文字实时达意，甚至可以互动讨论，比传统的现实仪式更具动感，甚至更深入。当然最大的担心是，你一言，我一语，你的言论牵扯出他的言论，齐齐对亡者"盖棺定论"，很容易引爆无人想见的争论、争吵、争辩。肃穆的丧礼变成家族成员的论战场所，新仇旧恨都在这里爆炸，反正疫情时期里人皆郁闷，突然压不住怒火，趁机抒发闷气，场面将会非常不堪。

死亡非易事，丧礼亦艰难。生死同悲，正是大时代中一个可厌的祸害。

意大利的歌声乐声

瘟疫封城，意大利人发挥艺术情怀，常有站在家居露台唱歌和演奏的视频流出。并非独户自娱，而是此起彼落，隔空唱和，轮流演出，然后集体欢呼拍掌，气氛非常浪漫，也非常意大利。

问题是：不知这份浪漫能够撑持多久？瘟疫常被比喻为战争，而战争对于人性的考验并非一天、两天，甚至并非一个月、两个月，能够撑得住，熬得久，不乱阵脚，得体求存，始算是真本领。

这里没有唱高调的意思。封城隔离是难受的折腾，人像被困在瓶子里的小虫子，初时尚会奋力挣扎，不断碰撞瓶身，幻想撞出裂缝缺口，之后便会沉着不动，眼睁睁地注视瓶外动静，仿佛望得够久，瓶身将神奇地打开一道门，门外有光，把你迎接回自由的自然世界。然而再过一阵，小虫子仍然不动，但已奄奄一息，低着头，蜷缩身体，似是认了命，在绝望里静待死亡。

时间啊时间，时间如火，把你的意志消磨殆尽，比你想象中的快，更比你预计中的容易。

所以也更需要隔空合唱了。刚开始或许只是为了好玩，又或是为了抒发心底郁闷，把压不住的艺术浪漫唱出来、奏出来、喊出来，是对个人的心灵疗愈。但不久将会发现，重点原来不在于个人，而是"联结"，你唱他听，他奏你和，之后是响亮的欢呼和掌声，在那一刻，你确确切切地感到世界的存在。

不，说错了，不是世界，更不是外界，而是"天下"，那是一个辽阔的想象，里面有人有事有物，但最关键的是有着盼望。世界和外界只是空间，天下却包含着对时间的开展、期盼；世界和外界只是眼前，天下却亦指向未来。意大利人不见得有东方式的"天下观"，但不表示没有烦闷的感觉，他们的童话、民谣、歌剧、诗，最动人的部分正是打破了空间的困限而遥想一个不存在却又认为应该存在的未来理想，一旦欠缺了这份理想，人生便太乏味了，再好玩的事情亦就只是好玩而无法升华为值得为之歌颂、为之献身的荣耀。艺术的美学力量正在于荣耀，所以艺术才有光。

期望意大利家家户户的歌声、乐声能够持续下去吧。那是无形的丝线，把人心的盼求联结起来，人心便不孤单，用集体的气力抵御和驱赶病毒。歌声和乐声是骑士的盾牌和长矛，让歌声、乐声飞扬的空气是无形的白马。像余光中的一句诗，"敢于应战的，不死于战争"。总有一天，战斗过后，家家户户的人能够踏出大门，摘下口罩，在大街窄巷里相拥，热烈地，再唱一回。

用减法过日子

　　经常听见台湾朋友说"用减法过日子"，这话在台湾应该算是文艺腔，意味割舍生命里的不必要执着与贪恋，别给自己制造太多包袱，要轻轻松松过日子，无欲则刚，朝着真正觉得有意义的目标轻身妙手地迈步踏前。台湾许多中年人，尤其文化中年人，惯把这句话挂在嘴边，并且已经说了好多年。

　　来到香港，来到我日日夜夜生活的香港，来到我出生并生活了四五十年的香港，愈来愈发现"用减法过日子"亦跟自己非常贴近，然而这个"减"字，往往是被迫的、强制的，并且具备一点点的闹剧，甚至悲剧性质；不能不如此，没法不如此，已经成为无可奈何的一件事情。

　　什么是"港式减法"？

　　举些具体的例子吧，譬如说，周末出游，以前难得有了一两天假期，不管是否拥有汽车，大可天南地北随意走动，想去哪就去哪，不会太困难，去到现场，亦不会觉得太难受。可是如今，不行了，愈来愈困难了，随心所欲愈来愈成为奢侈之事，只因人口爆炸，长期的、过境的、永久的、暂居的，来自四面八方的人拥入香港，数目多到令香港接近"陆沉"，出门去哪里，已经成为一项非常伤脑筋的选项。

去大屿山走一转，搭乘圆圆小小的缆车，升到高空，俯瞰香港景色？可以，但你必须上山排队两小时，下山也排队两小时，然后始可享受那十来二十分钟的车内宁静。等，等，等，等，等，是获得享受之前和之后的指定动作。

到海洋公园？祝君好运，你同样需要等，等，等，等，等。搭巴士去，要等。搭巴士返，要等。到了公园门口，排队买票，要等。入了场，玩各式游戏，更要等。久候成为悲惨的指定动作。

到迪士尼？命运相同，要等，等，等，等，等。

本来嘛，等一下，没关系，世界各地的主题乐园都一样，愈好玩的地方愈要等，如同去吃一碗美味的名牌云吞面，往往亦要等。但问题是，在等待的时候，会否因为被强横插队而心生愤怒，会否因为目睹孩子随地大小便而生起悲哀，会否被前后左右的人声、嘈杂声、吵架声吵闹到心绪不定，效果便极不一样。等待多久是一回事，在什么状况下等待又是另一回事。在我城，等待已成苦差事。

以至于如果想到旺角购物、想到铜锣湾逛街、想到稍有名气，甚至根本寂寂无闻的食肆享受一顿早午晚餐，无不须要苦苦等候座位，或排队，或抢挤，最后，把座位弄到手了，亦需要在嘈杂的环境进食。

所以，在"用减法过日子"的年代里，日常生活，其实不管是否假期，一旦考虑踏出家门，思考逻辑往往并非问自己想去哪里，而是首先提醒自己有什么地方不能去、不应去、不敢去，想呀想，想到最后，干脆放弃，干脆把许许多多的本来应该不错的好去处排除在外，不敢"光临"，不愿踏足，宁愿清清静静地留在家中。

而家中，香港家中，一般就只有不到六十平方米的空间，又窄又闷，但这已是你的唯一天堂。用减法过日子，香港的现实，香港人的悲哀。

地铁车厢

从九龙塘搭地铁到尖沙咀，早上十点半，不算是繁忙时间吧，月台竟然排了长长的队伍，一重又一重，前身贴后背，窄窄空间，人满为患，再这样下去，地铁公司恐怕要派筹才准市民入站。

香港确是愈来愈多人了，有接近"客满"的感觉，不仅是九龙塘，不仅是尖沙咀，不仅是铜锣湾，而是所有地区、所有街头，经常都是人头涌动，每个人的体热往空气里渗透，再渗透回身体之内，如沼气，使人有窒息之感。所以没有必要绝不出门，除非开车，把车子停好，立即冲到要去的地方，或办公大楼，或食肆餐厅，谈完该谈的事情，立即冲回车上，回到应回的地方，亦即家。

这个城市似乎愈来愈不宜生存。地铁车厢当然是拥挤的代表空间，然而，人多人少是一回事，是什么样的人在使用又是另一回事。我常暗想，地铁愈来愈挤或跟下列理由有关。

首先是随身袋之流行。以前，女人用手袋，男人是啥也不用，轻身妙手上路去，爽快无比。但近年不知何故，不管年少年老，每个男人于出门时几乎必带布袋，尤喜那种大大的背在双肩之上的"龟背袋"，站到车厢里，占去不少空间，一个人变成一点五个人，非常挡路，可厌度也非常高。

其次是手拉车之普及。许多人除了肩背袋子，手里更常拉着一部长长的折叠式双轮小车，上面叠着一堆不知是什么东西的东西，不仅占地方，更常压到旁人的脚背，雷同于攻击性武器。

再来是在车厢内疯狂地使用手机或 iPad，双手不自觉地往前伸去，或双肘自然而然地往两旁叉开，那又等于多占了零点五分量的面积，加上那个可厌的"龟背袋"，便是一人变两人，吞没了双倍空间。

地铁车厢的"平均能够容纳人数"是一回事，车厢内的"实际能够容纳人数"又是另一回事。试想，如果人人都占双份面积，一节本来可容二十人的车厢，即使只走进来十五个乘客，便已超爆，非常拥挤。更何况，别忘了尚有"心理容纳人数"这码子事。当这十五人都在讲手机，吱吱叽叽、叽叽喳喳、喳喳啦啦，噪音堵塞在车厢内的空气里，现场便似挤站着三十个人，仿佛有三十个人同在搭车，令车内环境沦为不堪，心理感受极度恶劣。好几回了，听见身边乘客对着手机大声谈笑，我极想到鸭寮街（电器街）买一个电波干扰器，放在裤袋，暗中按键，令身处车厢的所有手机失灵无效。希望这不犯法，我是良好公民，犯法的事，我不干，但，别逼我，please。

疯狂时光

住港岛时，欢乐时光，例牌开车到湾仔谢斐道与卢押道口的 Joe Bananas，主要因为贪便宜、贪方便，门口可以乱泊车，每天五点到九点，人家是 Happy Hour，它则提供 crazy hour（疯狂时光），所有酒类比其他酒吧便宜三成。搬往九龙后较常去的地方是宝勒巷内的一间德国酒馆，门口亦可偷偷泊车，只不过偶尔抄牌，我于三个月内中过四次招，颇肉疼。但仍喜欢光顾，因为贪图安静，小小的店面、小小的空间，坐在吧台旁边，饮客们大多是西方人或日本人，即使有华人，亦多是中年男女，沉静地坐着，仿佛在反刍、回味前世今生的挫败与光荣，疲惫的五官脸容、复杂暧昧的表情，构成了一幅幅足以下酒的想象图画。

去的次数多了，饮客之间竟然有了"互助默契"，门口摆放着一桌两椅供客人坐着抽烟，当有交通督导员走近，门外"抽客"便会冲进酒吧朗声提醒大家把车开走，分秒之间，鸡飞狗跳，如同逃亡，又是另一幅诙谐滑稽的浮世绘。我极少到本地饮客集中的酒吧，嫌嘈杂，又抽烟又玩骰盅，又有啤酒妹过来唠叨，烦死人。Happy Hour 于我是个人的清静时间，白天属于工作，晚上属于家人，唯有这个短短的黄昏、短短的一个钟头，属于自己，坐着、待着，百无聊赖亦是一种难得的生活乐趣。少年人有少年人的乐，中年人亦有，欢乐时光便是中年人之乐，唯因旨在发呆，喝酒绝不超标，请放心。

然而我偶尔亦会光顾九龙城的一间小酒吧，那简直是中老年的"怀旧场"，顾客最低年龄从四十五起跳，电视轮回播放梅艳芳、张国荣、关正杰，岁月于此停顿，世景荒荒，我们在这里，活得非常非常地高兴。

开的士

不看冯肯专栏我也不知道原来好多香港大叔跟我一样，暗暗有个愿望，是退休之后开的士：一车在手，天下我有，想去边度走就去边度走。如果不是纯粹为了赚钱养家，开的士确是"自由业"。

一来是开工自由，时间任择，早班晚更，可以自己决定，不必由工头拿着一个簿子对你点来点去。"自由业"的收入不稳定，是缺点，但再多缺点仍比不上一项优点：不用看上司脸色，想开工就开工，想放假就放假，千金难买自在行，比开飞机更为自由写意。

另一项自由写意是再没有下属，从此不必扛着"上司"的负面标签，不管你对下属曾经做过多少好事，只要稍有一回让对方不如意，不管是你对还是他错，对方总会在背后，甚至公开把你抹黑为地球上最恶毒的魔鬼。你有口难言，因为"下属"两个字永远能够博取最大的同情分数；反之，"上司"一词本身已是恶名，当你离职时，如果能够听到下属讲句"虽然你……总算是个好上司"，恭喜，你已赢了，饮得杯落（喝酒庆祝），鞠躬领受，不必再去介怀那些无中生有或小事化大的"……"了。

开的士还有另一个好处，至少对吾辈如我是好处：有离奇百怪的故事可听。坐在你车厢的善男子、善女子，密封于局促的空间里，总会发出声音，或吵闹，或哭泣，或私语，或八卦，人间万象被浓缩在短暂交流的口水泡沫中，或喜或悲，或哀或乐，皆足以把你单调而平面的世界拉开拓阔。人老了，眼力不好了，小说不容易多看，唯有依靠耳朵听取故事，那些故事便是小说，至少是可以让你延伸想象的小说材料，绝对是上佳娱乐。

当然开的士还有其他优点，包括可以免费找人搭讪聊天，可以找其他的士大佬打边炉（吃火锅）、饮啤酒，可以在老婆打电话找你时假称不得闲，可以偶遇二十年不见的亲戚朋友……难怪近年有不少六十五岁以上的男人开的士，我猜，或许是为赚钱，却又或许不是，只是醉翁之意不在此，在乎其他什么物品。问题只是他们自得其乐，乘客却难免担心他们手揢脚震（手脚发抖），有碍马路安全。对了，重遇旧友。日前搭的士，司机大佬是位阿叔，忽然问："你是不是那个呀？二十几年前是不是住过台大宿舍？"原来是台大比我高一年级的侨生师兄。二十八年没见，相逢车厢，话旧谈事，唏嘘之余亦惊讶于生命幻化。诗人木心说过"寻我于悲喜交集处"。在的士车厢内，寻我，亦是个好地方。

那些年，我们打过的边炉

天变了。香港本来属于亚热带气候，到了冬天，竟亦出现寒冬，是前所未有的寒，而且是持续的寒，气温一连四五天低至摄氏七八度。怕冷的中年男如我，最佳娱乐当然是打边炉，也就是内地人一般所说的吃火锅。

其实不只中年人钟情于打边炉，在我城，男女老幼皆迷恋，甚至不只在寒冬打，在炎夏也打，把空调控制在摄氏十八九度，自制寒流，强风阵阵，坐在火锅桌子旁边吃喝谈笑，痛快无比。

打边炉，一桌子，坐满人，桌面中央放着热腾腾的锅子，锅里有菜有汤有肉，味道随心所欲，你爱吃什么便添加什么，口味愈来愈多元化，四川麻辣、皮蛋香茜、番茄牛肉、豆腐猪骨、天麻醉鸡、马来沙嗲……亦可以来个"鸳鸯"，亦即把锅子分隔为两半，各放一种汤料，即广东人所说的"汤底"，各吃所需，各取所好，不会引起口舌上的纠纷矛盾。

有好"汤底"，亦要有好牛肉，牛肉是港式火锅的最佳拍档，而目前流行于全国的"肥牛"更是香港人的独特发明，出自香港旧区九龙城的"方荣记"。

九龙城"方荣记"，五十年老字号，是第一间发明用"肥牛"打边炉的火锅店，创始的老板姓方，头发全白，人称"白头方"，数年前去世了，如今是第二代接手，两兄弟合作打理店铺，只此一家，不开分店，桌上除了普罗百姓如我，亦有明星如梁朝伟，可见其盛。

记不记得好久以前有一部港片 PTU（《机动部队》），电影的第一场戏在九龙城一间叫作"方荣记"的火锅店内拍摄，那就是了。当大银幕上亮出招牌上的三个大字，坐在戏院的黑暗里，旁人肯定不知道我为什么会默然笑笑。那是我多么熟悉的一间火锅店，曾几何时，那可能是香港最有名气的一间火锅店，一个传奇故事在一个熟悉的环境里发生，作为观众的我很难不产生额外的共鸣与亲切。

昔日的"方荣记"诞生于九龙城寨的窄巷之间，儿时的我曾跟在报社工作的父辈于下班后前往光顾，那年头确实非常花样年华，缓慢的节奏、懒散的步伐，夏威夷恤的口袋上插着原子笔，花旗装加上黑框眼镜，在幽暗的弄巷里与朋友喝啤酒吃火锅，便是忙碌工作十二小时之后的最佳享受。儿时的我在父辈的嬉谈笑闹声里窥探了人生的初阶奥秘。好像是暑假吧，因为不必上课，父辈吃喝到多晚我便相陪到多晚。夜，漫长无休的夜，比人生更长。

隐约记得九龙城寨的巷弄地面很湿，很不平，长大后的我讶然领悟那等于文学上的暗喻，以比拟城寨的暧昧身世。"方荣记"的创店老板"白头方"，须发皆白如雪崩后的遗痕，嘴角经常叼着一根烟，儿时的我甚矮小而他甚高大，从低往上看，他的上半张脸仿如隐藏于云雾里的神秘山峰，高深莫测。而对小孩子来说更高深莫测的当然是他的赤手取炭绝技，那年头吃火锅用的仍是旧式小炭炉，"白头方"可以不靠任何毛巾或手套隔热，直接用左手执起炉上已经滚烫的锅子，再用右手慢慢拨执锅炉里的热炭，温度于他如无物，毕竟靠温度吃饭的人，没有资格怕温度，这是功底，也是命定。

九龙城寨其后跟随殖民年代土崩瓦解，"方荣记"也搬了家，"白头方"也去世了，第二代接班，第三代也已经大学毕业了，不再花样年华的我偶尔带着吾家第二代前往光顾，店主相见不相识，客气地笑问客从何处来。时移世易，理之所当，只有在观看PTU电影的刹那，看见"方荣记"三个招牌大字，味蕾忽起化学作用，一股鲜嫩的肥牛肉香气从牙底涌起，喉咙低低咕噜了一声，幸好，陶醉在光影世界里的其他观众听不到，也不在乎。

最近一回去"方荣记"，是一月上旬，请几位年轻的大学生同吃同喝。小时候的我初来此地，才七八岁，远远比今天坐在我眼前的大学生年幼。时间啊时间，我无言。

这夜，问大学生，你们这一代年轻人最爱吃些什么，十问十答，其中九个都说打边炉；剩下的一个，不是不喜欢打边炉，而是说："不知道啊，我其实是什么都喜欢吃。"

没再追问打边炉受欢迎之理由，或许不必问也猜得到吧，看看那些火锅店，都是九点后特价优惠，才一百多元港币，随意点吃，吃到饱，于是大学生们纷纷相约于九点十点始出笼觅食，一来喜其便宜，二来喜其饱足。年轻人的肠胃毕竟弹性较大较宽，须用更多更厚的肉肴将之塞满，所以，打边炉，没有其他选项了。

也所以，若干年后，打边炉势将成为这一代香港人的集体回忆，他们老了后会津津乐道：当年呀，在中学的年代，在大学的年代，我经常跟某某某去打边炉，围着热腾腾的锅子，蒸汽往上冒升，隔着白乎乎的烟，喝了许多啤酒，我窥视了同学们的暧昧的脸容，那么清纯、那么美丽；对方也曾把我看回来，我连忙低头，有点窘、有点羞涩，但心底涌起暗潮如锅中的浓汤热泡，幸好我把半边脸隐藏在烟雾里，我用烟雾遮掩，不让你看透我的心事。

那些年，我们一起打过的边炉，如斯让人回味，而于那些年以后，我们各奔前程，各散东西，可是那些年的记忆早已融化在边炉的汤底里，那些年的边炉，其实从未散席。

所以我常猜想当新时代的年轻人回顾大学生涯，对于火锅店的铭印记忆恐怕远深于图书馆或课室，后者的空间是如此冰冷，前者却是温暖的所在，从身体到心灵，热浪把你重重包围，给你最大的安全感。

你们的毕业庆典，其实应该别吃西餐，改打边炉，这才叫作真正的感恩。

Side B — 　　　最美好的时光机器

我很小的时候对时光就有了敬畏，因为敬畏，所以恐惧。因为恐惧，所以爱惜。因为爱惜，就有所企图。我只能寻找一些虚空的东西来陪伴我。我的语言，我的想象，我的表达。在我的书房里，我不再恐惧。在书房，我可以笑傲我的时光。你去吧，你来吧，无论你对我做了什么，我爱你。

——毕飞宇

节日的颜色

　　这样一年比一年地冷下去，会不会到了某年某月某个圣诞，真的会下雪，而香港，终于有了白色圣诞？有些节日应该是白色的，像圣诞。只因节日的起源地是白色的，至少传说中是白色的，大雪纷飞，智者来朝，在严寒的季节里有人降生，替人类受苦，亦为人类带来福音与希望，"我要有光"，而降生了，便有了。

　　圣诞不是不可以没有白色，如在澳大利亚，正值炎炎夏日，也能够，也可以，但总欠缺了一些对应的味道；唯有增添了干干净净的白茫茫，圣诞才更像圣诞。在白色里谈场轰轰烈烈的恋爱，或花几个钟头为家人、亲人挑选一份细致的礼物，即使没有壁火、炉火，只要仍有电暖炉、或再加一杯热腾腾的朱古力奶，已是极有温度的回忆。

　　另外的节日自有另外的颜色。农历新年也很冷，但不应该是白的，只能够是红色，红包、春联、红衣红裤红外套，都是红彤彤的似火焰，映照出中国人的尘世热闹。红尘，红尘，中国人不都是这样口口声声叫唤的吗？一旦换了白封包和白帐，像话吗？

　　至于另外一些节日，如复活节，必然是色彩缤纷和金光灿烂，像彩虹，用各种颜色搭架起一座高桥往天飞升，让你走上去，坐下来，仰可观圣灵天使之美，俯可望人间万物之奇；复活节容不下单调，驳杂是它的名字。另有些节日，如中秋，如端午，如果真添上颜色，前者应是澄澄的黄，后者则是青青的绿。举头望明月，坚持望上两分钟，视网膜都黄了，但黄得清澈，绝对不是黄疸病的黄。龙舟破浪行，海水是绿的，划船健儿的汗水亦是海水般的咸，所以必然亦是绿的，绿在春芜中，春夏之交有着喜洋洋的绿意。

有没有节日是黑色？

或许万圣节吧。传说中的精灵出没，尽管人类喜欢扮鬼扮马，背景却仍是月黑风高的阴森夜晚，无黑不欢，唯黑是美。而若说阴森，中国人的七月十四日必是黑中之黑，即使含白，亦不等同圣诞的白，而只是愁云惨雾的白，以白为底色以衬托黑色的恐怖，在街头，在巷尾，路人急步疾走，避之则吉，若有美感，亦只能是凄美。

节日的欢愉既可以是行动的，亦可以是审美的，视觉上的美，联想上的美，都跟颜色脱不了干系。色彩把无形的节日气氛凝固成可观可赏可感的美态水晶，生命摊开如书册，一年四季，色无空白。

节日的重量

飞到天津，重逢旧友，已是一月中旬，而且接近农历新年了，竟仍喜洋洋地送我一句"Happy New Year"（新年快乐）。不能不觉得莫名其妙。

大家从什么时候开始这么注重洋人新年了？而且注重到过了期仍送上祝福，如斯新年，实在有点过分沉重。

理由应该跟手机社交平台的普及有关吧。其实不只是洋人新年，而是所有节日的"重量"皆跟社交平台的流行旺盛程度形成正比，当人人有机在手，轻轻按键，送上祝福问候，零成本，共喜庆，乐此不疲，层层叠叠，遂令节日的质感年年攀升。

不妨查看一下你手机里收过的各式节日贺讯。脸书的，WhatsApp的，微信的，短信的，肯定一年比一年多，更是一年比一年形式丰富，从文字到声音，到动画，应景的、幽默的、黄色的、无厘头的，陆续有来，络绎不绝，从新年到圣诞，从端午到中秋，数之不尽，仿佛关心大家，每个节日都是互赠关怀的好时机。中国人，从未如此滥情过。

滥情并不一定代表虚情。滥情可以是 playful（有趣的）的游戏，充满尝试与探索，在网上找来各式现成图像或贺词，甚或自行创作，或二次创作，借着节日，把摸索和付出的结果传送出去，在网络沟通的过程里，证明自身的存在感。所以所有节日统统复活，那被遗忘的重新记得，那已淡出的再度兴隆，科技工具成为诱因，让你积极参与一个由众生共构的喜气场域，而在传出祝福的刹那，你跟无数看不见面孔的陌生人共建浓厚的节日气氛，在节日的重量里，有你的一份微薄的重量；也正因大家都乐于付出微薄，节日才由微薄变成沉重。中国人，从未如此重视过所有节庆。

中国人是愈来愈把节日当作一回事了。找寻之，发现之，提醒之，节日的意义早已不太重要，真正重要的是你必须参与其中，在虚拟国度里，感受众生的共存，而也在众生的共存里，感受自身的位置。因为有了手机社交平台，节日不再只是相互问候的时间点，而更成为创作付出的共振场域，时间与空间在节日来临之际做出诡异的结合，我们记得别人，也看见自己。

当节日来到了虚拟世界，变成了"二次元节日"，我乐于过节，过每一个节日，不断向世人送上祝福的声音，遂替自己的寻常日子添了热闹。

至此，我乐于过节，与你无关，你接受祝福也好，麻木无感也罢，我只想自得其乐，寻个开心。

节日的重量，有我的份儿。

逛年宵

过去几年为了不同的理由去逛了年宵，或因终究是过年，各档主、各摊主的笑容是难得地灿烂，久违了的热情服务，一年一度，好过平常。

逛年宵的人亦喜气洋洋。虽说平常的每一天都可吃喝玩乐，现下毕竟是年，一个"年"字有无形的象征力量，从而有具体的心理作用，像按下了蒙尘已久的开关键，让每个人觉得要把心底的喜悦释放出来。笑吧，好也一年，坏也一年，明明只是一个寻常日历数字，但这个数字有魔力，似是一道门槛，跨步过去，或许（亦是期许）好的更好，坏的变好；好的累积，坏的归零。新的生肖有新的盼望，而盼望就是力量，也只有盼望才可予人力量，盼望本身便是 add oil（加油）。主宰生命的其实不是境况的好或坏，而是对于未来的期盼，否则，一想到"好事已到尽头"或"坏事必会更坏"，任谁都没有力气走得下去。

所以逛年宵的乐趣来源在于逛。从挤进年宵市场，沿着指定路线左转右弯，花钱也好，不花钱也罢，无所谓的，热腾腾的喧闹气氛已可把你的心炒热。如果你善于观察，就能在拥挤的人潮里瞄看浮花浪蕊，尤其幼童们的纯真激动，张得大大的眼睛如见天地初开，牵着父母的手，抬头仰望陌生的红尘、未来的世界；尤其年轻男女的热情骚动，身贴身，肩并肩，又或紧紧拥抱，仿佛唯恐转身失散已是隔了千山万水；尤其老年人的欣慰目光，不知道已经逛过多少次花市了，仍然能来，而且仍有家人陪来，每个缓慢的脚步都能踏出暖意……即使是游人和档主之间的讨价还价，亦比平日减少了杀戮对决的气氛，多了一份游戏的况味，嘻嘻哈哈的，小心翼翼地避免伤了和气。

年宵市场是个日常生活的"例外"场域，每年就这么几天，仿佛所有善良都被灌注进来。公园里面，到了大年初一的清晨，天亮了，人散了，灰飞烟灭，所有人重新回到日常的紧张提防状态；待到年底，把年宵的盒子打开，再来一次，又是一群好人。

逛年宵的另一种趣味在于总能遇见旧识，不曾约定，却常在场外或场内碰上，互望点头，算是提早拜年问好。或许彼此觉得对方老了，颓了，但有什么关系呢？在便好了，原来都在，幸好都在，好好歹歹又过了一年，且看明年是否再会遇上，而遇上，又有一番温暖的小小的惊喜。

人去人来年宵在。这才是日常。

人书俱老

天气潮湿令警钟经常误鸣。我亦是"苦主"，午夜惊醒，三魂仍在，却失六魄，茫茫然不知道身处何方，不能不说是一种痛苦的体验。误鸣之最大恐怖在于你永远没法确定那只是误鸣。从熟睡中挣扎爬起，双眼仍是半闭，尤其在冬天，冷，坐在床上，把厚厚的被子搭挂在身上，窝缩着脖子和腰背，头发蓬松，窝囊得像一头刚从水池里爬起来的动物，甚至像一只遭追赶了九条街的老鼠，只欠没有尾巴，没法摇动尾巴以温暖自己。

很不愿意下床，却不能不下，责之所在，必须执起电话打给警卫，问问怎么回事，是否需要让学生疏散逃命。管理处通常已经乱成一团，前线员工和主管人马都在查探原委，电话筒那头传来他们的粗犷语言，是直率的反应，人之常情，如果他们在慢条斯理，你才会觉得有人失职。

问了几句，听到"潮湿，误鸣，没事，放心"之类的答案，立即把电话扔到远处，懒得理会它是否撞到墙上或地上，睡觉要紧，重重叹一口气，身子往后仰倒，回到梦乡，努力寻回刚才仍未做完的买中了六合彩头奖的春秋大梦。然而好梦易发难寻，通常回不去了；不仅回不去，反而因为心意已慌，导致噩梦连连：梦里犹见兵荒马乱和声音嘈杂，恍如一九四二年饥荒逃亡。清晨醒来，睡了几乎没睡，双目浮肿，苦不堪言。

有一回更惨。半夜三点，警钟误鸣，好不容易睡回去，到了五点半，电话响起，原来又是那些商业传真之滋扰讯号，我虽早已向电讯公司投诉，却无效果，滋扰继续，经常把我吵醒。此番当然气上加气，看看窗外，天色仍暗，远处却已浮起微微白光，应是距离日出不远，索性不睡了，走到客厅，坐于沙发上，按键看电视。但望着重播的时评政论主持人的几张脸，于是，不看了，关机，给自己冲泡一杯热咖啡，随手捡起小木几上的书报，乱翻乱看，心情始可逐渐放松。

那小木几在鸭脷洲的家私店内购得，三千元，专供摆放于沙发旁，承托茶杯或杂志。那是质地很好的红木，我喜欢用手掌抚摸几面，感受它的厚实，抚久了，竟有一股热气隐隐冒起，似在跟我回应对话。我没养猫狗。家人睡了，我醒着，最好的朋友竟是一张小木几，陪我静迎天明。人书俱老，物我毕竟尚未两忘。

电话情仇

家里的电话有多久没响过了？应该至少两个月了。七月上旬，凌晨两三点吧，一阵铃声像催魂般把我从熟睡里吵醒，电话就放在床头，闪亮着小小的红灯，如幽灵的眼睛，狰狞地望着犹在迷糊状态里的我，我没戴眼镜，一千度近视，眼前朦胧一片，心头涌起莫名的恐怖感。去他的，好梦正甜，左拥右抱，财富满屋，所有潜意识里的愿望与欲望皆在眼前，活生生地被拉回现实世界，沮丧到真想自杀。

垂头丧气地抓起电话筒："喂，是哪个？"

原来是大学宿舍的警卫。"不得了，马 sir，你没关妥车门，灯亮起来了，车头也发出呜呜的响声，有学生打电话投诉，万分抱歉，能否请你处理一下？""是这样呀，对不起，对不起，我马上来！"挂断电话，换衣冲到地面，岂料步出电梯时才记起忘记携带车匙，唯有再度回家取匙，再下楼，赶往车子旁边。但才走两步，忽然想起，既然车门打开了，还需要车匙吗？刚才是白跑了一趟。

好不容易安顿好车子，门关妥，声没了，深夜的宿舍社区恢复宁静，我抱头遁窜回家，隐觉四周楼房必有许多学生隔窗看我出丑，并且哈哈大笑。身为大学宿舍的舍监，向来只有由我投诉年轻人过于嘈吵，从没料到会倒过来，让大学生嫌弃舍监扰人清梦。

我真是一个失败的大叔，在大学宿舍管理史上留下一笔尴尬的注脚。

自从有了手机，住宅电话确实甚少派上用场，不管是亲人还是朋友，抑或同事有事联系，理所当然地拨打手机号码，住宅电话早已成为"救亡电话"。这其实对于家庭和谐甚有帮助，一人一手机，积极地看，是方便联络沟通，你找我，我找你，而且可以互发短信，文字传情或传怒，不必恶言相向或肉麻对话；也不必由于电话被家人占用而挑发矛盾，你不妨碍我，我不妨碍你，各有天地，相安无事。

年少时代我便曾因姐姐占用电话而跟她发生冲突，幸好年轻姐弟之间的冲突通常经由冷战解决，互不理睬几天，终于经由饭桌上的故作不经意的搭嘴而解开死结，一句笑话，一座怒怒冰山即在笑声里融化无形；即使没有如初，总算已经和好。

我的姐姐，十八岁便结婚了，十九岁当母亲，儿子二十一岁时她才刚满四十，笑称自己从此"恢复自由"，仍有许多无牵无挂的岁月可以享受生命。所以她经常劝告女孩子早嫁人早生子，包括对她的侄女，即我的女儿，也一样。

破戒

上海忽然下雪，其他许多城市也都降雪，除了北京。

冷归冷，北京这几天依然干干净净，天色微灰，像笼罩了一层薄纱，人在纱布下起居卧住。上海朋友调侃道："东南西北都在'瞒'着北京下雪，北京人太没面子了。"北京朋友却回呛道："只因'帝都'的权威够大，连雪都不敢冒犯打扰。"

前两周到过上海，那阵子无雪，但刚降温，正好跟朋友们碰面聚餐，何况是出席詹宏志先生花了四天时间准备的"宣一宴"。

詹宏志的太太王宣一，小说家，亦是美食家，三年前不幸在意大利某小城的火车站旁因心肌梗死猝逝，内地近日出版她的旧作散文《国宴与家宴》，内有詹先生的新文章，记录过去三年如何亲自下厨"复制"亡妻的几道拿手菜，广招朋友，共同在味觉享受里怀念王宣一。他戏称这是"山寨版宣一宴"，既表明所有菜色都出自宣一从前的烹调技法，他并没有创新或改良的意图，亦表示自己的复制仍在学习进行中，模仿与学步恐怕还不到位，若有味道上的差池，责在他而不在她。

文章末段最是动人："这是一个带着感伤的惊喜宴席，参与者睹物思人，当然不无一点感怀，但看到昔日熟悉的料理重现于席上，也不免有点惊奇与欢欣，如果模仿的菜色真能接近原作，那更是死而复生的神迹了。客人多是宣一的旧友，吃过她的菜很多年了，也担心着我的未来。这场宴会环绕着一位逝去的友人与一段逝去的时光，欢语与感叹之间，它也是有信息的，它仿佛是说，是的，我们已经失去了她，不过她还在我们心中，那些滋味也都还在，我们不会忘记；而且，大家也不要担心，我虽然比较孤单，但会好好活着，你看，现在我也有能力让生活过得像从前一样，谢谢你们。"

这回，詹宏志在上海举办"宣一宴"，邀请了蔡康永、毛尖等几位朋友，我也在座。聊笑间，吃喝间，也确似王宣一仍在詹宏志身边，见多识广的他不断说着故事，她含笑望向他，微微点头表示支持和附和。人不在，菜色在；前者是天意，后者是人为，天意愈是无情与无奈，人为便愈要咬牙切齿地付出和努力，为的不一定是"胜天"，而是不向天意投降，也唯有如此，始让逝者和存者都曾经存在，也继续存在得更有尊严。

我戒了四年牛肉。这夜，在上海，在"宣一宴"上，我用筷子把王宣一生前的拿手菜"红烧牛肉"送进嘴里，舌头和心里都滚烫。破戒，值得。

美食不张扬

　　戒吃牛肉四年了。近日在上海的"宣一宴"上破了戒，为了怀念故友的原因，把她生前的拿手菜"红烧牛肉"吃进嘴里，而没法不承认，第一口的感觉颇有腥气，但跟烹调无关，只不过我的味蕾已不适应昔日觉得无与伦比的肉香，像分别多年的恋人，欲想"旧情复炽"，总需要一些时间。

　　呵，我需要的时间其实非常短，只是，一分钟。

　　第一口有腥气，第二和第三口也有，但到了第四口，腥气已减至最弱程度，涌进喉头的反而是浓烈的肉香，仿佛老友重逢，跟我的舌头有说不完的温馨话题。

　　但仍暗有担心。听戒吃牛肉却又破戒的朋友说过，舌头适应得快，肠胃却不一定，重新吃了牛肉，他拉了三天肚子，又屙又呕，还发烧呢；最后看医生打针始能稳住。我怕自己重蹈朋友覆辙，所以勒住马头，不敢过于放肆，只吃了几块牛肉，但狼吞虎咽地扒下整碗肉汁捞饭，仿佛即使留下一颗米亦是对不起王宣一。

　　王宣一从母亲手里承传下来的"红烧牛肉"，只选前腿花腱部分，再配上比例约一半的牛筋，花腱和牛筋都横切成大块，从花腱的横切面就可以看到一层层美丽的肌理纹路，纹路愈清楚，表示肉质愈好。

然而再好的肉亦要经历三天的反复炖煮始变成好菜。开火，冷却，再开火，再冷却，不加胡椒或五香，只略添点酒和姜，也加豆瓣、酱油和冰糖。这么处理出来的红烧牛肉连吃法也值得坚持，如王宣一在《国宴与家宴》中所说："牛筋和冰糖造就了黏稠的胶质，最适合下饭，如果有人要下牛肉面，只能下干面，若有人说他加水煮成牛肉汤面，或是再加萝卜去烩煮，就会被我家姐妹大加挞伐，在下次赠送的名单之内删除，我们认为这大大枉费了我们的心血，不懂欣赏其中滋味。"

王宣一主张自己的"独门牛肉"一定要下饭吃，吃到剩下的那种汤汁，送进冰柜冰冻，再直接当肉冻切来吃，这才是对所费苦心的最大尊重。

"吃要三代"，代与代之间于厨艺传承的过程里，也留下生活的哲学。王宣一宴客，偶尔偷懒地把材料直接上碟，海参切大块，香菇全朵，干贝不撕破，"母亲看到就斥责我，这么粗鲁，好料是藏在里面，哪能这样招摇？难看死了，像暴发户。她的做菜观念永远是《红楼梦》里的茄子，一口吃下去，所有的功力不言而喻，那才是真正的好东西"。

吃得讲究是对生活的认真，里面有美感，此之所以好的食物被唤"美食"，肉体便是精神，形上形下，不离不弃。

在湖边

金庸先生去世后我决定重新投入小说创作。只因重温金庸作品，再次体验说故事和读故事的无比乐趣，忽然脑袋"轰"了一下，咦，停笔六个多月了，是否是时候把纪律再搬出来，像公务员，每天朝早坐在书桌面前，好好地把尚未写完的故事认真完成？

那是《龙头凤尾》的第二部曲，四月底写了十七万字，差不多了，目标是十九万，已入直路，冲线在望，心底有着刺激亢奋。但某夜重读初稿，觉得不对劲，却又说不出哪里不对劲，似有乌云盖顶并突然哗啦啦地淋下大雨，彻底浇熄热情。于是，关机，住手，等待想出来答案再算。

一等便是半年，依然想不出来，直到重温金庸，觉得答案只是两字：吸引。初稿说了一堆人物和情节，小趣味、小曲折必然是有的，但不够，老来写小说之目的只在于跟读者分享有吸引力的虚构故事，如果连自己都认为不够，还出版来干什么？又不是为了得奖或版税。走歪了的路，不如不走。此刻立志推倒重来，看来这个"来"，又要一年多的时间了，但至少隐约明白该在什么地方重新起步，花便花吧，反正时间不是花在这里便是花在那里；留下值得留的文字，当日子尽时，人不在了，亦可在读者脑海引爆过吸引的记忆，亦算是对其他人 make a difference（有影响）吧。年轻时常想对地球 make a difference，老后始觉地球太大太遥远了，却亦非常非常近，就在我的手指尖上，写出有人爱读的故事，已是造就了人的体验变化。所谓地球，不过由人所组成，不是吗？

好像是尼采说过："开始写作，像在严寒的冬天里站在湖边，深吸一口气，准备好朝湖里跳下去的决心。"确是这样的。每回提笔认真地写，难免都像 stage fright（怯场）发作，仿佛帘幕即将升起，手持麦克风站在卷帘背后的我吓得双腿微微颤抖，却仍需挤出起笑脸往前走去，镁光灯直照脸上，看不见台下观众，尽是黑压压的人头，但我清楚明白有人在，都在等我开口说话或唱歌，任何一个荒腔走板的音调皆易惹来倒彩。小心翼翼是唯一的方法了。

庆幸我有个书房。如帕慕克所说，必须把自己隔离于家庭生活之外，因为太固定和美好的生活"会毁掉我心里败坏的那一部分"，而于小说里，不能只有光明；败坏是必需之恶，欠缺它，光明即难成为其光明。

所以，往后一年我又须以书房为牢了。第二部曲很可能取名《鸳鸯六七四》，又是牌九用语。桑塔格说她必须先有书名始可创作。我非模仿，只是雷同罢了。

好与坏

终于完成《鸳鸯六七四》小说初稿，动笔两年多了，进度非常缓慢，关键原因恐怕是太贪心。想写的角色太多了，这人那人，这个那个，从民初到战后，拉开了时间的战线，详略之间，难以取舍。

有一回我叫张家瑜做听众，耐心听我说说各人的故事，再给意见。她也有自己的写作安排，不肯花时间，我说："一小时××元，可以吧？"她便答应了。她非贪财，只不过宁可千方百计地留下我的钱，总比我在外头乱花好得多。那个夜晚，我说了四小时四十三分钟，凑个整数，买单×万大洋。

受夫钱财，替夫消灾，张家瑜给了一堆相当不错的听后感，但最令我震撼的是一个问号："为什么小说里没有半个好人？妓女、嫖客、烂仔、汉奸、骗子、胆小鬼、自大狂……太负面了吧？"我愣住了，一时语塞，无以作答——只因确实如此。

张家瑜是善心人，倒过来安慰我道："没关系啦，坏人先前也是好人，只不过像艺人许某说的，因为各种理由，变成'一个坏了的人'。我明白的，坏人比较有戏剧性，好人都千篇一律，无趣。"这一刻，我发现张家瑜才是好人，不管收不收钱，都不希望见我为难。

她的问号令我思考了三天，终于，第四天的夜晚，我又抓她坐到沙发上听我解释，但这回没付半分钱，算是她提供的"售后服务"吧。我像受了委屈的孩子，双目含冤地说："我想写的其实不是书中角色的坏，而是他们变坏的理由，或被压迫，或受诱惑，或自欺欺人，或无力抗拒，总之总有特殊的处境令他们背负起负面身份。而如果换作我们，一般的自认是'好人'的人，说不定亦会如此，甚至可能比他们做得更'坏'。我笔下的人物如果有着共同的命运，那或许就是简简单单的两个字：不幸。他们是不幸的人，遭逢不幸的境况，在当时当刻，他们或自愿或无奈地做出了'坏'的选择，由是因'正'而'负'，负得可耻或可愤。若得其情，我们应该哀矜毋恨。——说来真有点似现下的《小丑》电影意味。

"所以我最想探究的问题其实是——所谓'负面'的人如何面对自己的负面处境？如何接受自己的负面选项？一旦'负'了，便只能一负到底？可有挣扎？可有犹豫？可有'弃负投正'的勇气？代价又是什么？"

叽里呱啦说了一堆，张家瑜听着、听着，不断微微点头。我说完，嗫嚅地问："怎么样？坏不坏并非重点，能不能变好才是。懂了吗？"

张家瑜瞅我一眼，道："好啦好啦，我知道你是个好人啦。"

换来这句话，× 万元，算是值得了吧？

手稿只为励志

读到特斯拉，忽想起前不久在美国西岸逛店，见到墙上挂着两幅海报，一幅是他，另一幅是他的对头爱迪生。海报旁贴着一张小字条，上面是两人的亲笔签名；海报和签名裱在金属框内，精美典雅，是不错的收藏品。

凑近瞄了几眼，爱迪生的海报卖八千美元，特斯拉的海报卖一万二千美元，整整贵了百分之五十。两位科学巨擘，生前对决，爱迪生赢而特斯拉输，想不到死后的海报和签名，刚好相反，后者比前者贵，算是在美元钞票上得到"平反"。

该店出售不少名人签名，活者死者皆备，有一张我特别感兴趣，是十位美籍意大利裔黑帮教父的签名集合，但卖得贵，六千五百美元，我舍不得下手。另有一张《教父》续集的电影海报，上有阿尔·帕西诺的签名，只售一千，猜想帕西诺老兄去世后，必升值几倍，但我也没买，只因没有收藏癖好，更没想过凭此赚钱。收藏总是累赘，再珍贵的东西也是"经验"，看过的尝过的试过的便已是拥有，藏在脑海，便算贵重。

我手里确有若干据说值钱的作家手稿和书信，有几幅裱起来了，放在客厅角落各处，只为提醒自己笔头别懒。其他的都随手放在超市胶袋里，再随手搁在抽屉，早已忘记它们的存在，只对女儿嘱咐过，日后万一你想买些奢侈品，拿一两份去拍卖，应该可以帮到手。

在客厅摆放作家手稿只为励志，我会不会是第一人？自问品性疏懒，若不如此提醒自己，恐怕十年也写不完《龙头凤尾》续集小说。日夜看见手稿，惭愧了，便不敢怠慢了，自律不强唯有依靠他律，"因才适性"，我是自己的心理医生。我不断提醒自己这项简单的道理：才气再大的作家都要把字一个连一个地写在纸上，无人能够代劳代笔，何况平庸如我者，希望在人间留下好作品，先过得了纪律这关再说。写作是非常公道的行当，而我指的是文学写作，勤奋不一定有成，但不勤奋而有成，只能依靠百年难遇的奇迹。

这可是海明威说过的："我从不知道有人能够散漫而写出好作品，除非你是菲茨杰拉德。"菲茨杰拉德是《了不起的盖茨比》的作者，在美国和法国过着浪荡生活，但海明威一读他的作品，立即说："以文学之名，无论如何我都要保护这位年轻人，无论他做了什么错事我都会原谅他。"你既不是"他"，请给我乖乖坐在书桌前，写吧写吧，别无其他。

拒绝恐惧

圣诞新年假期抓紧机会读了堆在床边的几本厚小说，毕飞宇的台版《平原》、帕慕克的译版《我心中的陌生人》、村上春树的新书《刺杀骑士团长》，想象空间跳跃于中国、土耳其与日本之间，时间幅度更是横跨几个年代和世纪，仿佛经历了一场悠长的旅程，不必订酒店，无须挤公交，就只躺卧在客厅沙发上，捻亮小柜桌的灯，无日无夜地读着。

故事里自有日夜。当把书页合上，环顾寂静的客厅，刹那迷途，花了几秒钟定神始返回现实。在迷途里，我遇上美好。

好像是阿根廷作家曼古埃尔说的，儿时的他甚少跟玩伴嬉戏，因为在他的印象里，仅有的一些玩乐时光所带来的享受远比不上书本创造的愉悦。是的，他是孤僻的小孩，但他是快乐的小孩，孤僻是别人眼里看见的，他自己感受到的却是自给自足。

读到这段时，我心里最强烈的感受是：或许只有心灵强大的人才能自给自足，但或许也同样，愿意选择自给自足的人才有办法持续心灵强大。注意，关键字是"持续"。快乐不难，有能力稳定而可靠地快乐才是挑战，而世上恐怕没有什么比便宜的书本更可供凭借了。

喔，不，还有。阅读以外，是写作。我说的是创作的写作，而不仅仅是评论骂人之类。唯有创作能够建构一个宇宙让自己驰骋遨游，里面有你要的快乐，无人抢得走，无人。毕飞宇说："我很小的时候对时光就有了敬畏，因为敬畏，所以恐惧。因为恐惧，所以爱惜。因为爱惜，就有所企图。我只能寻找一些虚空的东西来陪伴我。我的语言，我的想象，我的表达。在我的书房里，我不再恐惧。在书房，我可以笑傲我的时光。你去吧，你来吧，无论你对我做了什么，我爱你。"

新的一年开始了。我的新年盼望不过如此：拒绝恐惧，笑傲时光。是为祝愿。

车手

连续下了几天雨，潮湿到人都发霉了，坐在车内，错觉车外以至自己身上都长苔，没完没了，情绪难免低沉。幸好有所谓教育争议，被我写文章骂骂，泄泄气，真好。执笔之人某时候确受心情影响，情绪灰沉，下笔重些，聊作宣泄，如同有人打麻将输了钱便回家打老婆，我不打老婆，只打贪官，算是另外一种"厚道"。

下雨久了，整个人像生活在雨伞里。雨哗啦哗啦地淋下，伞篷挡着，只听到喧闹的声音，窒闷难受，雨伞就是我的房、我的屋，被困住，蜗居于此，动弹不得，唯一的娱乐是用耳机把耳朵塞住，听手风琴演奏，脚步于雨水之中竟变轻盈；最近迷上手风琴，尤其爱看 YouTube 上的演奏者，半眯着眼睛，右手弹，左手拉，满脸陶醉，令空气震动成美妙音符，令人间变得立体。

噢，不对，另有一种娱乐是在雨中开车。飞车是太危险了，故只能缓慢地开，找一条没有塞车的路往前开去，车轮碾过雨水，溅起水花，也激荡起扑哧的声响，很能挑拨起刚劲的生命力，正好对抗阴雨的沉闷。如果走在观塘绕道或东区走廊，对线的车往往会溅起如浪的水花向你的车窗扑来，欠缺经验的你或会恐惧，明明有窗子把水隔开，却仍不自觉地把身子向左倾斜，猛力避开脏水。但你旋即发现自己的可笑，于是，也真的笑了，似在迪士尼乐园里玩那冒险游戏，有惊无险，剩下的只是欢愉。

而如果你稍有经验，心知肚明水是水，你是你，便可享受另一种乐趣，淡然地、欣然地向前直望，望着车子的挡风玻璃，望着脏水如巨浪般向你迎面冲来，但你完全不必躲避，你只需施展"泰山崩于前而面不改色"的镇定本领，脏水泼于前而眼不眨，双手坚定不移地握住方向盘，右脚继续踩油门，沿着既定路线行走，很快地，你穿越了水浪，复见光明。雨仍在下，你仍在前行，刚才短暂的两三秒仿佛摩西越过红海，你征服了恐惧，你把不可能变成可能。

我是喜欢雨中开车的，为生命增添一点点的冒险刺激，尤其当驶过弯道，假若发现前后无车，对线也无车，我便加油奔驰，让车身在雨水中微微倾侧，有若干"飘移"的速度快感。

而最好的时刻是当驶达目的地，刚好雨停了，推门而出，抬头望天，简直有比赛冲线的喜悦。所以每遇雨天，我便出门，拿起车匙，犹如车手上场，追求只属于我的微微快乐。

车手们

不喜吵闹的人想必极度嫌弃赛车的震天呼啸，每听一下引擎隆隆，都像有人用针狠狠地朝耳膜上刮去，一直刮，仿佛不把薄薄的耳膜刮穿不肯罢休，听得头痛。

至于喜欢赛车刺激的人，则相反，如英语所说的 "That sounds like music to my ears."（那听起来像音乐），每道引擎呼啸都像一连串美妙的音符在耳边演奏，愈是响亮，便愈恰到好处。赛车在眼前奔腾而过，像看得见的乐章，像五线谱上的一颗颗小豆子，跳跃在最适当的位置，合奏出一首激动人心的战争进行曲。

能否打个粗俗的比喻：每一道引擎隆隆都如求取生存的野兽，瞋目裂齿，锋利的爪子都伸出来了，全身毛发亦竖起，每根毛发都像子弹，哔哔哔地射向前方。围观赛车的人如战地里的活靶子，心甘情愿地站在这里，诚心领受着机关枪扫射，子弹横飞，流淌着浪漫的鲜血。

至于坐在车里的人——车手们，手握方向盘，脚踏油门和刹车，灵活的四肢似灵蛇，一扭一转、一踏一放之间，车身受到全面掌控，或直路，或入弯，车朝前冲，停不下来，也不愿停下，不到高潮不肯刹住，每道引擎呼啸都似发自肺腑的呼喊，是兽性的嘶鸣，源自内心的叫喊，不知道到底求取的终极目标是什么，只明白，一旦闭住嘴巴，整个人将被困锁在胸腔里的回荡热流冲撞得四分五裂。停不下来的意思是：朝前冲去便是求取生存的最大意义，不，唯一意义。手脚对车子的掌控即是战斗的动作，赛车变成武器，作为战事，唯有死亡。

然而真正驱动战士的并非生存的欲望，而是挑战死亡的快感。仅是安全地往前驶去，无风无浪无挑战，车手不会爽快。唯有高速入弯，挑战弯道的倾斜险阻，或在车缝之间扭闪穿插，把其他车子抛在倒车镜的后头，这才过瘾。这是驾驭感、速度感、征服感，以死亡风险作为代价，求取的并非分秒成绩的胜负，而是把死亡压倒，穿越了所有险境而到达终点。

有没有奖杯、奖牌、奖金已是其次了，真正重要的是对得住自己的努力与勇气。当推开门，躬身踏离狭窄的车厢，车手感受到无比的疲惫与亢奋，昂起头，四周掌声雷动，虽然不一定是专为他而鼓掌，他却仍有资格仰脸领受，为曾经付出的拼搏与勇气自豪。

勇气便是他的奖杯、奖牌、奖金。赛事结束，车手在夕阳里，骄傲地，回家。

万物联网的另一意义

患了几天感冒，躺在家中沙发上，没精神看书了，连小说也暂搁笔，唯一有力气做的是上网浏览拍卖网站。

这是我的秘密嗜好，guilty pleasure（内疚并喜悦），看一下，买一下，几年来收纳了许多杂七杂八的小东西，主要是模型车、纸笔墨砚之类，其实没太大的收藏价值，只不过抵受不住"放进购物车"按钮的诱惑，轻轻动一下指头，在花了钞票之际，隐隐觉得忘记了日常工作的压力。

说是 guilty（感到内疚的），倒非因为网购是见不得光的事情。在这年代，网购是家常便饭，我的罪恶感只在于自己是个颇为笨拙的买家，经常忘记处理按键之后的其他动作，例如，没有选择"集运"以省邮费，甚至过了许久仍然尚未发货；例如，没有货比三家择廉而买，往往买了昂贵一倍的同一件商品；最糟糕的是经常买入假货，却又懒得退货，反正都不是高档物件，自认倒霉便算了。当享受过 pleasure（快乐），用一点点的 guilty 做额外成本，承受得起便不再烦心。

有时候网购的 pleasure 只来自浏览卖家的宣传页，各有手法，讲得天花乱坠，不无欣赏创意的趣味。例如，近日有人在台湾拍卖网上喊卖二手车，竟然没放上车子照片，仅在白纸上涂了几笔，用童话的简单线条勾勒出汽车形状，乍看以为是开玩笑，却是珍珠都没有它真，售价十六万多台币，有意者请联络洽谈。再看下面的跟帖，发现卖家留言说两天内已经卖出，联系问价的人比先前贴照片多了几倍。原来好奇心人皆有之，看不见的车才是最吸引人的车，这招"雾里看花"可真奏效。

台湾拍卖网另一项热门商品：名校学生的读书笔记。其实这非新鲜事，内地和香港都有学生把考试温习笔记放在网上贩售。这回的台湾卖家是"北一女"高才生，有不同的科目可供选择。瞧了瞧其中一些样本照片，所有资料整理得井井有条，比我那年代读的什么"鸡精书"更为精彩。"鸡精书"说穿了亦是温习笔记，只不过作者是老师或出版社编辑，不一定有出色的考试实战经验，不像卖家自称在高考里取得极佳成绩，甚至有成绩单为证，每份笔记喊价大约三百元港币。

网络日月长，点来击去往往一眨眼已经过了两三个钟头。曾有一次，带着伤感停手，因为看见一个男人把逝世父母的几十封情书拍卖，写于二十世纪六十年代，青春少艾的甜言蜜语，其实既非名人便卖不了多高的价，不太明白为何儿子舍得这么公开出售。——或许"万物联网"的另一个意义便是万物有价，愿者上钩，如此罢了。

送来了一个世界

一个人工制造的"光棍节"竟然推动了数百亿的网购行动，人多好办事，中国大地的任何集体行动都是能量惊人，商业消费的，运动体育的，政治热议的，统统可有疯狂规模。怪不得台湾才子詹宏志亦离开出版界而投身网购界，他的"露天拍卖"平台即将上市，凭其眼光，依其智慧，肯定能把它打造成另一个淘宝金矿，想赚钱的股民，要好好注意了。

淘宝网的威力不仅在于货源繁博，而更是物流畅顺。网购的人都焦急，看中了，下手了，若要等待一段日子始能把心头爱取到手上，快乐便不那么过瘾了。成名要快，享受也要快，速度是一切事情的制胜关键，张爱玲年代已经如此，二十一世纪更是加倍，大家都讨厌一个"等"字。我没有在淘宝购物的经验，却常因它而喜。

大学宿舍每天下午四点左右总驶进一辆小货车，深灰色，停在圆形广场上，从我家窗外望向下面，可以清楚地看见一举一动。车停好，走下一个穿浅啡色制服的男子，有时候戴帽，有时候不戴，把车背门掀起，里面堆放着大包小包和大箱小箱，这时候通常已有几位学生来到旁边，或排队，或不排，等着轮流领取网购商品。男子也边忙着边侧着颈拨打电话找其他学生前来领物，一个多小时里，一包包一箱箱地把物件送走，或收钱，或不收钱。到了黄昏时分，远处太阳下山，夕阳染红和染黄了半边天，送罢收工，男子把门合上，坐回车内，开车而去——当夜总有一些年轻人因为取得了心头爱而嘴角挂着满足的微笑。

这景象持续一年多了。刚开始时前来领物的学生不多，其后稍稍增加，再其后，更多，更多，不断来到车旁，而且大多是准时来到，依时依候，似在赶赴一个欢喜的约会。当然也有学生当场翻包开箱，发现对象不如网上所见合意，登时扁嘴，顿足转身，如同跟男朋友吵架，负气终夜。

记得曾听一位内地作家前辈记忆，小时候住在偏远山区，邮差每周来一次送信送物，村民鱼贯来领，孩子们跟在父母亲旁边，嚷着要求邮差说说山头之外的人情万象，那是没电视没广播没互联网的孤绝年代，远处来了人，便像把整个世界带来了；人走后，大门关上，世界也暂时停止运转，直至下个星期，他再来。

网购年代的送货密度以日计，不必这么等待了。但物流男子送来了世界，个中欢乐，恐怕亦浅近。

猫狗的爱

1. 喂猫族

经常在九龙城的街头巷尾遇见流浪猫，躲在暗处，夜里，眼睛闪着绿光，无助地偷窥世界和行人，不可解的世界，更不可解的行人。我猜它们不至于有堂口和堂号，却可能已经分了地盘，各有割据，互不侵犯，共构了一个井水不犯河水的猫族江湖。

我甚至怀疑它们会打群架，会"吹鸡（召集）"。有一回在潮州食店门外等待朋友，旁有小巷，忽然传来一阵凶狠的喵声，瞄过去，见到三只猫互抓互咬，一黑一白一棕，在夜灯下，几个小身影急速地团团转，如果这时候有背景音乐，将是一段短短的武侠片。

好奇地吃了一阵花生，竟见不敌的黑猫纵身一跃，跳过一道矮墙，消失了几十秒，之后再度出现，尾后跟随着另外两只黑猫，用迅雷不及掩耳的速度一起扑向对手，展开新一波的战斗。

我忍不住笑了。是亲族，抑或是"手足"？是为了分享食物而战，抑或纯粹为了同伙义气？本想蹲下仔细观察，可惜朋友来了，又肚饿，那就算了，开餐去也，下回有缘再从头看。

　　之后又经过那条暗巷数回，也再瞄到那几只黑猫白猫棕猫，已经相安无事了，各自霸据纸箱和铁桶，沉静地等待善心人喂食——如果有的话。"以和为贵"绝对不只是人类的行为原则，猫族为求生存，显然亦要遵守。

　　喂食的善心人，若是固定的行动，便是"义工"了，在台湾则叫作"志工"。台湾作家朱天心近作《那猫那城那人》，谈到志工，有这样的有趣描述："我们是先认识食物才认识人的，所以很长一段时间，对那些神秘未现身的志工我们是以食物为名的，喂食的车底，偶尔去晚了十分钟，便见有吃剩的饼干，'伟嘉的''皇家的''周末喂猫人''猫大王'……那些饼干，不同厂牌，不同造型，在黑夜的车底，如深林小径里仙子指路的宝石闪闪发光，也如神秘的密码放着信息。那些人，那些街猫们的人族朋友，成了孤僻成性的我在人生走了一半时竟然最想认识的人。"

　　真是动人的喂猫情谊。

　　闻说喂猫者分两类：一类组成了松散的团体，志同道合，定时定点，分工合作，努力用最人道的方式照顾流落街头的猫族；另一类则是散兵游勇，随身携带干粮，遇见了便喂了，随缘乐助，并不强求。按道理，猫族应该更感激前者，但我也禁不住猜想，猫族或许像人，对于 take for granted（想当然）的帮忙往往容易失去感恩，反而对偶然得来之物会心生惊喜因而心存感念，搁在地上的食物，吃进嘴里说不定更感甘香。

　　我没有街头喂猫的习惯，只爱看，每回见到猫族把眼睛眯成一条线低头舔吃粮食，脸上嘴角的表情，让我明白什么叫作满足的快乐。所以，我亦要对喂猫族说一声"谢谢"。

2. 该把小狗判给谁？

近日贵州贵阳有一辆名车发生意外，车主被困，路人抢救，女车主紧张万分地拒绝，要求先救车内爱犬。"先救狗！别理我！"大爱无限，犬爱无穷，狗子有知，应该流泪相报。

贵阳女子此言令我想起《论语》中说马厩失火，孔子回家后只是问"伤人乎"？不问马。丝毫没有关注马儿的火难苦痛。时代变了，孔子在现代人眼里未免稍显无情，即使不先问马，亦应人马齐问，岂可有此无彼。

不知道香港书展有没有一本出版了两年的《猫狗的逆袭》。喜爱毛团的人皆应好好读读，读来有喜也有哀，明白把猫狗施以人性对待实为一条漫长道路，而许许多多的观念都要经由法庭官司彰显确认。早前香港有男女分手，家里共养的犬只被活活饿死，据说初时双方都有意照顾，但未几双方都转头不愿照顾，小狗成为感情破裂的最大输家，以命相赔，是犬间惨事。

人分手，不容易，但要人狗分离，往往更难。《猫狗的逆袭》一书里记录了若干有意思的美国相关案例。譬如说，早于一九四四年已有夫妻为了猎犬打官司，女方离婚时分得房子，猎犬养在屋里，名正言顺归她所有，男方不服告上法院，法官心里不欲接案，认为这"浪费法庭的时间和挑战我们耐性的极限"，可是"没有人应被拒绝行使法律权利，尤其当这种权利涉及人类的最佳朋友"。官司打完，猎犬仍然被判归女方所有，只因狗仔等同其他财物，尽管法官相信由男方照顾较佳，但法律就是法律，没话说。

然而，四十年后的类似官司可不一样了。夫妻离异以前，男方曾把小狗送给女方做圣诞礼物，圣诞不快乐，婚姻更不快乐，离婚官司打到法院，法官判定妻子要把小狗交还丈夫，判词上的理由是"这只狗每天陪伴男方去上班，大部分时间跟男方在一起，虽然女方把小狗视为财产，但法庭不应该把一只家庭宠物安置于有可能被虐待或只有次等照顾的地方"。这就是说，对小狗像对小孩，法庭会把猫狗的最大利益福祉列入考量；猫狗并非单纯的财产，它们有生命、有感情，岂可让它们难过？

法庭判决一代一代留下，成为参考案例，激发了更多的宠物监护权诉讼，其后，不管是不是离婚，同居者、宿舍室友、兄弟姐妹，只要抢夺宠物，都可花钱经由官司解决。其后，当然有聪明的法官用更符合人性，或猫性和狗性的方法判案，书内有谈，下文再说。

3. 谁是猫咪的好 Daddy？

男女离异，争产业，争猫与狗，上文谈的《猫狗的逆袭》一书记录了不少美国案例，反映了人与宠物之间的复杂关系，法官判定依据简单来说就是"去人化"，回归到宠物主导，把宠物福祉和意愿放在前列。但当然，猫狗不会发言，什么是它们的福祉意愿，终究要用人的眼睛和心灵去想象，去测量。

例如一九九七年的美国东部有两个男人同住一屋，甲方二十一岁，从朋友手中取得一只灰毛猫，按逻辑便是他的"财产"。两人后来闹翻，乙方三十一岁，搬离房子时竟然把猫连同床铺被褥一并带走，甲方不忿，一状告到法庭，指控乙方犯了偷窃罪。法庭上，两人互相指责，翻脸如翻书，乙方对甲方说："猫咪可能是'小的'，然而我才是猫咪的好 daddy，我喂它，我替它洗身，我陪它聊天，我替它搔痒，而你几乎什么都没做。猫咪当然应该归我。This is for his own good!"（这是为它自己好）

官司延后再审，猫咪被送进动物收容所暂住。三个月后再开庭，法官传召收容所的管理员作供。他耸肩表示，乙方前来探望猫咪多达六十四次，甲方却只来了两次。法官听后，把猫咪从笼子里抱出，放在自己的腿上，喂它吃了一片饼干，然后对乙方说："情况很清楚了，猫咪跟你一起将得到较大的快乐！去吧，带着我的祝福，你跟猫咪好好生活吧！"

猫咪福祉为大，法官一锤定音。

还有其他案例呢。

一对夫妻离婚，男方当然要给赡养费，小狗归女方所有，而男方必须每月额外多付一百五十美元让前妻妥善照顾狗儿。这笔宠物赡养费叫作 petimony（宠物金）。另一单官司，夫妻获判联合监护权，每周轮流照顾小狗，但前夫某回照顾完毕，实在舍不得交出狗儿，前妻告官，法院下令警长到男方家里敲门索犬，如临大敌，像抓通缉犯。

又有一对夫妻亦是取得联合监护权，法官认认真真地在判词里写道："不管你们谁在照顾犬只，皆须严格遵守两个原则：一、不可以让小狗跟任何其他欠缺教养的动物混在一起；二、不可以让小狗喝任何有酒精成分的饮料。违者受罚，或会失去监护的权利。"

法官判定监护权尚有不同方法，包括：把猫狗放在远处，男女双方同时呼唤，看它往哪方奔去；让宠物轮流在男女家里住一个月，再验身抽血，观察它的身体状况是否稳定，测知它在谁家较有安全感和吃得比较肥肥胖胖……宠物为大，伤人乎，不再计较了。

从容地老去

移居外地的香港女艺人被街拍流传，有心理阴暗的网民留言嘲弄"年华老去"之类，更有人揶揄她"不自量力"，带着小鲜肉逛街拍拖。女艺人淡定地回应："为什么女明星一定要永远年轻漂亮？为什么不可以优雅地老去？为什么老去之类就要远离年轻男子？"

态度从容，如果网民不是心理阴暗到无可救药，理应羞愧自惭。

女艺人的居住地是法国，也有过若干位法国年轻男友，她的优雅令我联想到优雅地老去的一位法国女作家——玛格丽特·杜拉斯（Marguerite Duras）。还记得梁家辉的圆鼓鼓的两团臀肉吗？杜拉斯就是电影《情人》的原著作者。故事据说有自传成分，但书里的法裔女主角是十五岁，搬到大银幕上，为减轻禁忌，改为十七岁，梁家辉演的是比她年长十多岁的华裔富二代，在二十世纪三十年代的越南西贡，跟她恋上爱上，在青春的肉体里找到了满足，然后，称之为爱。而愈是爱不得，愈感觉到强烈的爱，直到老去后仍然念之记之。

电影拍得动人，却仍拍不出小说文字的哀伤。且看小说的第一段和尾一段。

"有一天，那时候我已经上了年纪，在一处公共场所的大厅里，一个男人向我走来。他做了自我介绍，对我说，我认识你很久了，人人都说你年轻时很美，我来是为了告诉你，在我眼里，你现在比年轻时更动人，与你当年的容颜相比，我更爱你现在这副备受摧残的面容。"

有戏了。禁忌之恋由此开展，她的男人，她的母亲，她的兄长，她的越南，她的法国，皆成流金岁月所留下的记忆结晶，在她脑海里，在文字间，在银幕上，重演再重演。法国传媒当年点评《情人》，说这不仅是作者和作品的爱情故事，更是读者和书的爱情故事，读了，很难不爱上杜拉斯。

小说的最后一段是这样的："战后，在她结婚、生育、离婚并开始写作后，他和他的太太来到巴黎。他给她打了电话，'是我。'一听声音，她就知道是他。他说：'我就想听听你说话。'她说：'是我，你好。'……然后，他就不知再说什么好了。然后，他又说了，他对她说，同从前一样，他还爱着她。他不能停止对她的爱，他将爱她，一直到死。"

《情人》出版时杜拉斯已经七十岁，身边亦已有了一位年轻三十九岁的"小鲜肉"男友。最后的爱，绝望的爱，相处了十六年之久，临终时她在床上坐直身子，对他说出最后一句恋人絮语：我爱你，再见。

专栏三十年：写出城市的气味，你的城，我的城

想来也确有点心惊胆战：我从十九岁开始在香港报纸上撰写专栏，起初只是客串，每周用笔名写个两三篇乱七八糟的小方块，其后，愈写愈红，愈红愈写，每天笔耕不辍，从香港到内地，从报纸到杂志，都有我的笔墨与名字，直到今年，刚满三十一年。是的，二〇一三年是我踏入"专栏界"的三十一周年纪念，请向我致敬，请对我祝贺。

按一下计算器，假如平均每天撰写两千字（其实应该不止此数！），一年便写了七十多万字，十年便有七百多万字，三十一年即有两千两百六十万字左右。若换算成书页数量，以每页可印六百字计算，共可印成三万七千七百页。若换成书本，以每本书两百页计算，共可出版大约一百八十九本书，早已超过了"著作等身"的境界，不知道需要多少个"姚明"始可追及我的著作高度。

可是，在这两千两百六十万字里面，仅有两千字是小说，其余的，都是杂文和散文，从暴烈的评论到温柔的游记，都有。两千字，就只有两千字，唉，说来惭愧，便是我到目前为止的"小说成就"。为什么我只写专栏，只写杂文，只写散文？

原因太多了。才情不足，写不出小说；学养不够，写不出论文；耐

性不佳，写不出长篇；贪念太强，依靠专栏赚钱……诸如此类都是真实的理由，不太值得一一述说。反而，真正值得一谈的是，在我这个拥有三十多年专栏写作经验的人眼中，"城市专栏"或"城市书写"到底有何意义？有何贡献？有何作用？

初写"专栏"时当然没想过这个问题。我喜欢写作，只喜欢写作，不管别人把我唤为"作家"或"作者"，我都是如此认真地写，每天写。最近我女儿介绍我阅读某网站，上面刊载英国作家 Neil Gaiman（尼尔·盖曼）的某回演讲记录，他没读大学，就是闭门写作，写出了一片天空，其中有一句话我极喜欢："I did not have a career; I just did the things in my list."（我没有职业，我只是做了我自己想做的事）。这亦正是我的写作态度，甚至生命态度。我没有计划，就是想到就写，经常想出一堆想写的题目，心里记着，或用笔记在簿上，然后，按部就班，就写了。

多年以来，我笔下的题材主要是城市生活，自己的城市，别人的城市，我选择用散文的形式记录自己的感想、感情、感受、感觉。英国作家阿兰·德波顿的书这两年被引进内地，但中文译笔稍嫌酷硬，不像原文般柔情滑顺，我倒特别喜欢作者替中文译本写的总序，那叫作《我的作品在中国》，他自道写作历程，很有意思：

"在明确知道我想成为哪一类作家之前，我只知道我不可能成为哪一类作家。我知道我不是诗人，我也知道我不是个真正的小说家，我讲不来故事，我'发明'不了人物。而且我知道我也做不来学者，因为我不想墨守那一整套学术规范。"

最后他自觉地选择了"随笔作家"的书写定位，他说，就是那种"既能抓住人类生存的各种重大主题，又能以闲话家常的亲切方式对这些主题进行讨论的作家"。他最终写出了一片随笔天地，而我们，也沉溺其中，不愿离开。

在德波顿以外，我也念及帕慕克。我常暗想，自己爱读帕慕克的理由除因喜其小说想象，亦爱其于散文创作里对于写作这回事的省思与严肃。或许"同类"最是嗅觉灵敏，最能彼此察觉到深刻，以及，不足。

前两年去了伊斯坦布尔一趟，在途中，一读再读帕慕克的《伊斯坦布尔》。

生于斯，长于斯，这位诺贝尔文学奖得主写出他的深情款款的古城今貌，然而眼前世界又盖印着昔时叠影，两重的伊斯坦布尔，或许只有跟此城有着深厚共生关系的帕慕克才看得出来、写得出来，我真有点担心，即使我去了，看到的亦只能是匆匆旅程的繁华喧闹。

帕慕克笔下刻画的伊斯坦布尔或可总括为"伟大的废墟"，人活于此时此刻却又不止于此时此刻，脚下每片颓垣败瓦几乎都曾有过光荣的过去，此城毕竟是东西交汇的边界，欧洲人来了又去，东方人去了再来，一道窄窄的博斯普鲁斯海峡把两个宇宙分离了又相连了。少年的他牵着父亲的手坐在渡轮上，抬头看天望云，历史仿佛被凝固浓缩于天空，他茫然若失，不知道自己到底是谁。往后数十年他便抱着这个问号，并且重复找寻答案：我们一生当中至少都有一次反省，带领我们检视自己出生的地方，问起自己我们何以在特定的这一天出生在特定的世界这一角。

对伊斯坦布尔，帕慕克抓住了"呼愁"的线索，认定这个城市的气味。

他说"呼愁"就是 huzun，是土耳其语的"忧伤"，但有个阿拉伯根源：先知穆罕默德指他妻子和伯父两人过世的那年为 Senettul huzun，即忧伤之年，证明这词是用来表达心灵深处的失落感。然而帕慕克深信另有一层呼愁意义，伊斯坦布尔居民意识到失去了昔日的宏伟光明，但也由此迫使他们创造新的生活方式，"伊斯坦布尔人在废墟里继续过他们的生活"，快乐地，也伤感地。对这城市，伊斯坦布尔人既爱且恨，如同帕慕克引用另一位作家所探问的一样："我将这些残败的街区当成一个象征。唯有时间与历史剧变能够赋予街区此种面貌。其居民得蒙受多少征服、多少败战、多少苦难，才得以创造出眼前的景象？"

《伊斯坦布尔》一书里，帕慕克用了整整一个章节谈论"城市专栏作家"。被谈的是十九世纪末的拉西姆，拉西姆在报上撰稿多年，身份是当时流行的法语词 feuilletonist 所称的专栏书写者，在帕慕克眼中，"他对生命的热爱、他的机智以及专业带给他的喜悦，令他成为伊斯坦布尔的名作家"。

拉西姆把笔触置放于城市的每个角落和场景，一写就是十年、十五年、二十年，题材宽阔，"从各个种类的醉汉到贫民区的摊贩，从杂货商到杂耍艺人，从博斯普鲁斯沿岸的美丽城镇到喧闹的酒馆，从每日新闻到贸易展，从游乐园到草原和公园，还有出版情况、八卦消息和饭馆菜单。他爱搞列表及分类法，他善于观察人们的习惯和癖好。好比植物学家对森林里的各种草木感到振奋，他对推动西化的种种表现、移民问题和历史巧合亦有相同感受"。

因为太爱城市，拉西姆其后把专栏文章结集成书，书名就叫

City Correspondence（《城市通讯》），把城市的讯息收集和广传，但当然不止于此，而更是，"他将全体伊斯坦布尔人称呼为亲戚、朋友、爱人，使他们成功地把城市从一串村子变成臆造的整体"。

对于城市专栏作家，帕慕克是何其感恩。他说："这些首先记述伊斯坦布尔的城市专栏作家捕捉了城市的色彩、气味、声音，加进趣闻逸事和幽默见解，他们还帮忙建立伊斯坦布尔街道、公园、商店、船、桥、广场的礼仪。我们之所以熟知一些教育程度不及专栏作家和报刊读者的伊斯坦布尔不幸之人——他们一百三十年来在街上做的事，他们吃的东西，说的话，他们发出的声音，都得归功于这些屡屡愤怒，时而慈悲，不断批评的专栏作家，他们以写下这些为己任。"

我爱死了帕慕克这段文字，而最爱的是下面几句，毕竟，我亦是城市专栏作家，我特别愿意把帕慕克的这段话跟大家分享：

"学会识字的四十五年后，我发现每当我的眼光落在报纸专栏上，我便马上想起母亲说的'切勿指指点点'。"

淡定，离场

美国华盛顿大学医学院教授 Steven N. Austad 写过一段关于老化之谜的提醒：

"老化是生物学上的矛盾现象，很少人懂得欣赏它。以美国妇女为例，在其一岁时，死亡率是千分之一，但到十岁时，这个概率降到了四千分之一，然后生命又开始变得危险，死亡率在十二岁时开始增加，而且速度不断上升，到了三十岁左右，变得跟出生时一样脆弱，从此以后，持续变坏。若说'老化'应从死亡率最低的那一刻开始算起，是合理的，所以，在美国，老化应该开始于十或十一岁。"

哦，是吗？真的是这样？如果真的是这样，"老化"所给予人的心理恐怖重量应是降低而不是增加，"老化人口"的范围拓大了许多许多，自十岁以上，你老他老我也老，原来人人皆已在老化的轨迹上运行前进，差别只在于急促不急促、自知不自知、承认不承认、敏感不敏感。梁实秋好像说过"四十五岁以上的人都属同类，谁会先死都不知道"之类的幽默话语，假如他读过"Austad"（奥斯塔德），或会把四十五之数骤降为十。"偶开天眼觑红尘，可怜身是眼中人"。都一样，都是老国子民，相煎何太急，除非阁下年龄未满十岁，否则哪来资格嘲笑别人老去？

　　所以"老"这个字既是形容词，亦是动词；打从十岁开始，它已发生，到了五十岁，如果不死去，仍须面对它的挑战和冲击，月月的，日日的，时时的，秒秒的，它发生得或轰轰烈烈，或沉静无声，但，总在发生。

　　所以每年生日的"庆生"的真正意义，恐怕不在于庆祝某年某月某日某时你有幸降临人世，而是或无奈或雀跃地庆幸此年此月此日此时你仍能活着，在跟老化搏斗的这场强迫游戏里，至少到了此刻你仍然未被打败，不管身体和心灵已经有多么颓败残缺，是的，你仍活着，你仍然可以呼吸和感受以至享乐。你撑住了，恭喜，于是你广邀朋友前来共贺与见证，切一块蛋糕，拍一张照片，立此存念，证明人间曾经有你。

　　生日之后，你继续老去，直至游戏结束。如果没有轮回，game over，到此为止了，非常高兴；万一真有轮回，I am very sorry，一切还得重来，你出生，你降临，你成长，你老去，你逝世，然后，从头再来一遍，如是我闻，万世流转、生死疲劳，只不过你自己懵然不知。

　　所以你其实已经过了许许多多的五十岁生日了。又来一个，再来一次，再吃一次蛋糕，再唱一次"happy birthday"，再拍一张照片，然而每回都是感觉那么真实，那么唯一。这或许正是生命给你的 bonus（意外收获），让你错觉这是唯一，于是珍惜，于是抓紧机会和耗尽心力去领受，去掌握，去体会，否则生命实在虚无，毫无意义，唯有当我们有了唯一的错觉，始可勉强找到活下去的理由。

　　活有活的技艺。说严肃一点吧，活有活的哲学。不管是忍受痛苦还是寻找趣味，皆如八仙过海，各显神通。没法跟别人相比，只能跟自己较量，或应说，只能跟自己相处、沟通、劝慰、和解、勉励。到了最后，如果不太倒霉，你会有了你的"格"，或，生存之道。村上春树谈及老去时曾说："我认为要顺利上年纪也很难吧。我也才刚上年纪，老实说，没有自信，不知道会不会顺利。所谓'落幕'，我觉得好像也不是自己能决定的事，不过我所能做到的地方，只有确实地继续保持自己的步调，这是我所能想到的全部。"

村上春树也说到，老去，头发疏落了，性能力低落了，百般不顺，但至少有一个好处是不再大惊小怪，因为生命里的许多悲喜剧皆已见过，听过，经历过，再遇上时，会在心底对自己说，噢，又来了，放心，就是这样了，没啥大不了，吓不倒我的。淡定，是老去的另一种 bonus。

就是这样了。淡定地活着，淡定地离开，算是一种美好的生命格调吧，我猜。几年前我在北京得到止庵赠送的《茶店说书》，夜里在酒店房间里一口气读完，读至后记，看见其中感言，极为激动，因那完完全全是我的生存技艺。止庵谈及某小说，谓男主角出门经商：

"中途在巴塞罗那收到家中女仆来信，告知他的妻子出事了。他没有读完信，决定暂不面对妻子的事故及造成事故的原因，他用三天时间饱览城市和寻欢作乐。之后他继续读信，知道儿子不幸溺死，妻子因而自杀。于是他也举枪自尽。读罢我想，我们所希望的无非是晚些得到那消息，所努力的无非是晚些看完那消息，所谓人生正在其间展开，此外没有什么可说的了。"

所以对老去与死亡，以及五十岁前、五十岁后，我就只写到这里了。

叁一　　行旅

Side A —　　　　记忆深处的几抹异色

时光不再却又可在，原来久别确可重逢。

时间并非直线。直线从来不比曲线美。

收行李

　　旅途上，朋友问我为什么突然不怕飞了，以前都是刚上飞机立即手心冒汗，机身稍微震动我更会头晕呕吐，可是最近两年，所有的怕飞症状都不见了，我恢复"正常"，做了一个"正常人"。

　　坦白地说，我也没有答案，唯一想到的理由是"习惯成自然"。近两年经常因为公务或旅游而要出门，既然没法不去，只好勇敢行之，用意志力把怯弱赶走，久而久之，遂忘记自己曾是飞行恐惧症患者。

　　然而未敢全盘乐观。心理病，是会转移的，而我觉得自己的病已有转移迹象。

　　先说一说别人的转移经验。

　　好久好久以前，我曾协助一位心理医生治疗某位恐惧搭电梯的病人，采用"行为治疗法"，先用纸板制造一部假电梯，让他适应，然后，搭真电梯，逐层逐层增加，由一楼搭到二楼，行了，再由二楼搭到三楼，又行了，便去四楼，如此这般尝试了半年，终于成功，他不再害怕，已可以快快乐乐地搭电梯。Happy ending（美满结局）？

　　才怪呢。半年后，他回来找心理医生，再度求助，他现在恐惧过马路了。就本人的情绪个案而言，对于旅途的恐惧轨迹基本上已由搭飞机转移到收拾行李之上，每回出门，我几乎总在开车途中手忙脚乱地打电话回家询问菲佣或家人，快替我找找或想想，我的那个什么什么有放进行李箱吗？是不是遗漏在家了？我真的有把那个什么什么带出门吗？

而几乎每次想想或找找的结果都是，有的，已经带了，只不过是我自己不放心，神经过敏，紧张焦虑，疑神疑鬼。就算到了异地酒店，check out（退房）时的情况仍然相似，每回拖着行李箱到大堂，几乎必搭电梯重返房间，再查一遍，是否遗漏了什么什么，好不烦人。甚至在离开房间前亦是烦恼多多，我必须按照某个"行李收拾程序"逐步整理才会安心。某回，收拾整理好了，突然被朋友打电话来催促，接完电话，我忘了进行到哪个步骤，干脆把所有细软全部倒到床上，重新收拾一遍，像按一按遥控器的倒转键，倒带回放，而且要慢动作。

所以这回又被朋友电话催促，我不敢接听，顺利完成"程序"后，连跑带跳出门，走到电梯口时错觉遗漏了东西，回房间找，没有，再去搭电梯，终可赶在集合时间前十秒到达。朋友骂我为何不接电话，我说，接了便会迟到，不接反而准时。他们听不懂。我这焦虑病态，没经历过的人，真的不会懂。

和服女

　　这是我们都知道的事情了：在日本观赏烟花，与其说最大乐趣在于抬头望天，不如说最值得低头细察的是熙来攘往的人群，善男子善女子，老的少的，在街头缓慢地走动，或坐着，甚或躺着，构成了另一种美目景致，在悠闲的七月底，在浅草的街头巷道。

　　"花火大会"于晚上举行，但那天我们中午便从新宿出发到浅草了，喔，不，应该说是中午便从新宿出发到筑地市场了，搭地铁才二十分钟，饿了，先找一间食店吃个 brunch（早午餐）寿司，再找一间咖啡店歇歇脚，等待闲逛购物的同行者。

　　本来打算在小店与小店之间边走边吃，海胆、串烧、鱼生，或掏钱购买，或免费试吃，但天气实在闷热，左手摇晃扇子，汗仍不断从颈上、背上、额上滴下，大女孩比我更惧热，唯有坐下来叹气，保留体力给烟火夜色。

　　离开筑地市场，搭地铁往北走，在藏前站下车，散步往雷门区，抵达时才是下午四点，距离花火大会尚有三个钟头，但人行道上已经铺满了颜色各异的麻布、胶布，是游人预占位子，或因布上都有搞怪图案，仿佛是一场小小的美术展览，不会让人觉得突兀、霸道。

游人们的穿着打扮当然亦是视觉美术，日本人，fashion（时尚）是他们的王道，加上奇奇怪怪的发型和头饰，看人如看花，美。而最让我深情注目的当然是"和服女"们的那半截粉颈，艳阳照下，白肤相映，我看得出神。

浅草的花火大会有两百多年历史了，停过，再举行；又停，又举行，传统未裂，犹如他们的和服。许多男的女的在这天都把和服穿上身，还脚踏木屐，咯咯咯地前后轻轻摇摆着身体走于路上，把古典复兴于红尘，优雅而自然。或因和服美学在日本从来未被连根拔起，如细水流下，不会让人误觉装模作样，试想，如果在国内有某个节日忽然男男女女都穿汉服像拍古装电视剧，场面肯定唐突离奇，令所有人笑得弯腰。

但此番最令我印象深刻的倒不是年轻和服男女，而是四个日本中年人。一个走在最前面，白色夏威夷衫，黑西裤，脚蹬木屐；另三人走在后头，约莫距离两步，一字排开，亦是白上衣黑裤子。四人都戴太阳眼镜，都半露出胸前和手臂文身，昂首阔步，气焰嚣张，应都是社团中人，仿佛从北野武的戏里走出来，或正要去拍北野武电影。我拉一下大女孩的衣袖，唤她瞄他们一眼。她笑了，好一副灿烂笑容，看在我眼里，已经像即将来临的夏日花火。

这一天的教训

搭地铁，从荃湾到柴湾，长途路远，偏偏没有座位，"人老脚先衰"，实在疲累，但忽然想起前两周的某个场景，忍不住哈一声笑出来，旁人斜瞪我一眼，恐怕心里暗笑我是疯子。

我唯有低头，但不是不笑，而是把脸埋在自己臂弯里，继续笑，惭愧地笑。

不可能不惭愧的，尽管只是无心之失。话说那场景是在东京浅草，观赏完花火大会，吃过晚餐，好不容易排队挤进了地铁往新宿方向前进，路程说短不短，说长不长，大概耗时三十分钟。车厢内人挤人，我站着，前面坐着两个六十岁左右的妇人，我不小心用脚尖碰到了其中一人的脚尖，她立即用凌厉凶狠的视线仰颈向我脸上横扫，非常不友善。

两个妇人的打扮倒是干净，头发梳得整整齐齐，脸容略施脂粉，颇有日本风格，我理所当然地视之为东洋女子；于是我点头笑笑，以示道歉。岂料对方没有理睬，把脸别开去，显然仍然愤愤不平。

"遇到几个阿姨真小气……"我在心里无声嘀咕。

如是者，我继续站着，她们继续坐着，我的大女孩稍后找到了位子，坐在她们旁边，跟我四目无言相对，一直到了尾站，临到下车前，腿真的酸软了，所以我忍不住发牢骚了，低头用广东话对大女孩说："唉，今晚真是可恶，累到吐血，走到脚痛，现在呢，又上错了车厢，几个阿姨从头坐到尾，就是不肯下车，好像要跟我比命长呢……"

我说话时，没瞧两个妇人半眼，因为不想引起她们注意，反正她们听不懂广东话，便不会有不良感受；反正我只是语言刻薄，说来好玩而已，没有认真的恶意。然而，写到这里，你应该猜到故事的结局了：是的，两个妇人原来亦是香港人，遭我出言冒犯，立即抬头用比先前凌厉凶狠十倍的眼光拼命瞪我。我立马知道闯了小祸，想道歉，却又不知道应该说些什么，难道说："哎呀，不好意思，我不知道你也能听得懂……"

说不出半句话，唯有面槽低头，假装无事发生。此外能做的是，在心底暗暗道歉，对她们说，sorry，是我口贱，有怪莫怪，算系你们前世欠我或我今世欠你们的吧……

问题是踏出车厢后，我和大女孩在站内察看街图指示，忽然发现两个妇人站在背后，亦在察看，"冤家路窄"之谓也；嘴巴检点，是这一天的教训。

金银婚照

　　一对年轻朋友忽然宣布结婚，才二十三岁，在这年头算是"早婚"了；也才交往半年，所以也叫"闪婚"。或因两人都是艺术家，有勇气，敢于挑战婚姻这样的冒险游戏，青春向来就是做实验的本钱，不是吗？三个字：输得起。半点不成问题。

　　先前有些年轻朋友亦玩早婚，曾听他们说过理由。有人说："如有不合，早结早离，像赌钱输了便离场，没关系的。"又有人说："即使他日离婚，好歹亦算结过，不用再被'嫁不嫁得出'这种无聊问题困扰。"更有人私下说："男朋友有家底，离婚有财产分，结婚好过返工，不会吃亏。"婚姻可能为了爱，却亦可以有"爱＋1"的其他考量，其实读读张爱玲《留情》里的敦凤和米先生已知大概。

　　近日结婚的这对朋友虽搞艺术，但未能免俗，特地跑去日本拍结婚照，婚纱，和服，各式的"日本想象"将被落实在现实上面。到日本拍结婚照，一般港男港女首选金阁寺。金碧辉煌，预示了璀璨的美好日子，是吉利的好兆头，无论日后会否实现，只要在面对镜头的那一刻，快乐了，便够了。但对艺术家朋友来说，我倒建议他们亦到银阁寺拍一辑，那另有一种颓败的美态，也许更贴合婚姻的真实。

银阁寺在金阁寺不远处，远远比不上金阁寺的旅游热度。后者金光灿烂，是寺庙里的豪宅；前者则一直坚持不大规模重修，保留着年代久远的痕迹。银阁寺没有银，只是涂了深浓的黑漆，黑得在阳光底下反射出银光，柱上有若干剥落的斑驳缺痕，像是躲藏在黑夜森林里的精灵眼睛。日本人讲究"物哀"美学，银阁寺属于这个系列，既是"寂"，亦是"侘"，若在樱花纷落的季节到此，一个人站着，在小湖旁，很难不会打从心底泛起空无的澄明哀伤。如果是两个人呢，便是另一回事了，或许会从空无重返人间，像在雨中偶遇另一个人，一起打伞前行，有决意相依为命的执着之心。

金阁寺在京都北边，由足利义满将军始建，先名北山殿，后改名鹿苑寺，又因其中的金阁楼台而得名。银阁寺则由足利义满的孙子足利义政规划，在京都东边，但他怕老婆，老婆把钱挟在手里，不肯拿出来，银阁寺贴不了银箔，唯有用黑漆代替，再配些其他颜色图案，初名慈照寺，其后才用个"银"字跟金阁寺相对。

金也要，银也要，光明与寂侘兼备，去京都拍婚照，别漏其一。

不要输给风雨

烦闷里，从中国香港飞往日本东京，再到东北的仙台，再开车到花卷市。花卷，多有诗意的市名，可以想见在樱花盛放之日，在花卷市"花见"赏樱，散步于河道旁，岁月悠长却亦短暂，身处其间，走着走着便醉了。

但在风雨之日到花卷市亦很好。我到的这天有大太阳，我却希望有风和雨，是旅途中从未有过的渴望，当然是因为宫泽贤治，当然是因为宫泽贤治的《不要输给风雨》。那是他的诗，他逝后，才在笔记簿里被人发现，才公布。小小薄薄的本子，黑皮，泛黄的纸，复制本沉静地搁在宫泽贤治纪念馆的玻璃柜里。站于其前，眼里看的虽非真品，心里感受到的却仍是一股真实的震动。

宫泽贤治被日本人称为"国民作家"，生前却寂寂无闻，只出过两三本书。才三十七岁便离开人间，父亲要求出版社替儿子出遗作，出版社不肯，父亲跑到书店偷偷买走儿子的书，出版社以为真有销路，点头答应。诗人草野心平（多美的姓名！）亦出力整理遗稿，让亡友的才华被一代又一代的日本人看见和感动。

宫泽去世于一九三三年，八十多年来，陆续出版的诗、小说、童话，引领日本读者走向梦想和纯真，像《银河铁道之夜》，像《猫咪事务所》，是的，还有《不要输给风雨》，当日本人于挫败的时刻里，特别喜读这首诗，读着读着，有了走出困顿的勇气。数年前的 3·11 震灾，渡边谦拍片朗读，无数的日本人亦自拍上网读诗和应，一夜之间，家家户户在风雨面前昂首挺胸，构成了极动人的网络画面。香港也有人编写了一首名为《不要输给心痛》的曲子隔洋鼓励，诗句融入歌词，雨声、风声以及抗命声，都在了。

在宫泽贤治纪念馆买回许多小物件，布帘、杯垫、书签、手稿复制品，上面都有《不要输给风雨》的诗句，"不要输给雨，不要输给风，也不要输给冰雪和夏天的炎热，保持健康的身子"。一行行都是励志的字。平常出门极少买纪念品，这回却买得无法收手，后来想想，或许因为心情所致，暂离香港，在异域，面对"不要输给风雨"的激励语句，仿佛买了便是领受了，在挑选的一刻，在付钱的一刻，提升了坚强的意志。这是独特的"消费心理学"，说是阿 Q 也是阿 Q，说是无奈亦是无奈，人活着，总得在无奈里找寻自我撑持的好法子。适合自己的法子便是好法子了。

离开纪念馆前，在大门旁的留言册上写："如果宫泽先生身处此刻中国，是否也会给国人题诗，不要输给风和雨？"

又阿 Q 了一回。然后，我驱车上路，往找太宰治去了。

斜阳馆

.

到了日本青森，当然想吃苹果，青森苹果青森苹果，尽管在中国香港超市买得到，总觉在原产地吃到的才是真味道。酒店旁有个农产早市，起床后匆匆吃完早餐赶过去，短短窄窄的两条巷道，水静鹅飞，始想起今天周日，休息不营业，年中有休，让我这外来者呆站街头，沮丧到像打麻将吃了诈和。

认命吧，"废老"。从昨晚抵达到今天早上，一直想象自己坐在早市路边，大口大口地啃咬青森苹果，最好是跷起二郎腿，一脸慵懒，满目无赖，这才配得上此行的目标气氛。来青森，就是为了太宰治。

今年是太宰治冥诞一百一十年，青森是他的故乡，他的幽暗童年，他的放肆青春，都在这里度过，岂可不瞻仰？于是从仙台搭新干线转到青森，再到了五所川原市，轻松找到其故居"斜阳馆"，又在旁边巷道流连了两三个小时，感受一下他有可能遗下的隔世身影。

太宰治一辈子跟女人胡混，自杀好几回，有时候是男女都死不了，有时候是女死男不死，生日前六天终于"成功"，跟旅馆女侍应齐齐投河，如愿以偿，才三十九岁。这家伙真是个五级抑郁症患者，一双空洞无神的大眼睛，直直地望向每张照片的镜外，偶有笑容亦是惨淡，仿佛笑完即有大祸临头。张爱玲常用的"惘惘的威胁"其实最适合于描述。

大名远扬的《人间失格》不知道被电影和电视改编过多少次了。今年又有新版本，"无赖派"魅力不衰，大银幕小屏幕，春潮泛滥，情欲风骚，可惜作家本身无缘欣赏。把自己的生命活成一场苦命和短命的戏，既是主角，唯有让后世的人当观众了。

太宰治本名津岛修治，父亲是大地主，有钱佬，"斜阳馆"是一幢豪华两层传统庭园平房，用桧木建成，修治在此出生。据说他小时候曾遭保姆性侵犯，长大后走不出这阴影，有了"性瘾"，所写的文字都潮湿暧昧，曾有懂日文的朋友如此形容："几乎每个字都有性意味，似有一头情欲野兽被铁索缚住，不断嚎叫，痛苦地，饥渴地，却又快乐地。"

其实活了三十九年，太宰治都只是个沉溺于欲海的小男孩，真正杀死他的——但也成就他的——并非河水，而是欲浪。

三十三间堂

日本连着几场暴雨，之后是连天暴热，每回看新闻皆暗感幸运，六月中旬台风来后去了京都，离开之后立刻又风雨飘摇，我在风雨中间的日子偷得几天闲情，不早也不晚，是深深的福气。

那"偷"来的四五天确是难得的好天气，摄氏二十三四度，不热不寒，早上起床后匆匆到地铁站商场吃个早餐，日本的面包是拒绝不了的诱惑，尽管明白自己血糖高，应戒则戒，但，人在异乡，顾忌全都抛开了，所谓旅行不就是从原先日常轨道里挣脱出来吗？偶尔的"出轨"是对意志的小小考验，且看你能否把握住安全的边界，一旦失手，只好认了，食得咸鱼抵得渴，唯有事后补救，例如，每天去 gym 狂跑一小时。

回港一个月以来几乎没有一天不回味京都那几天。那几天便不只是几天，而是连绵的回忆。以前去京都，或走来逛去，或开车游荡，远远不如那几天踩单车逍遥。逍遥之最是到三十三间堂的路上，短短的二十分钟，早上十点多，周日，路上人少车稀，马路两旁植满杨柳，风迎面拂来，风的味道甜滋滋、凉飕飕，如有无数的指头在我脸上跳舞。

三十三间堂建于十二世纪中叶，后白河天皇时代，才八十年，就毁于火劫，再花十多年重建。寺院毁了可以这样做，并且留下，一留近八百年。"人不如物",尤其在神灵庙坛面前,人是多么脆弱,只不过人总不愿意承认罢了。这便不止于脆弱,而更属于无知。

八百年以前的三十三间堂比当下的短近一半,现在全长一百二十米,当时不到六十米,每年一度于此举行箭赛,今天的风声仍似昔年的箭飞霍霍,武士们和围观者的欢腾喧哗则被游客的聊笑声浪取代了,可惜。但亦非所有声浪皆惹人讨厌。堂内供奉无数千手千眼观音塑像,亦有各门神灵塑像,如雷神,如风神。我在堂内时,不远处有内地来的一家三口,猜想母亲是艺术老师,压着声音对十岁左右的女儿讲解诸佛神明的造型特色,女儿瞪着澄明的眼睛听得入神,我偷听了,同样长了知识。在出门处又巧遇,我忍不住对女士说:"谢谢你啊,你是我的义工导赏员。"

女士微笑点头,懂得我的唐突、幽默。

我在三十三间堂门外取回单车,觅食去也,骑到河边找了一间洋食店,咖啡香气袭来,在如斯六月里,里面似有千手千眼观音对我的开示。

劫后立食

关西台风稍为减弱，大阪闹市商户立即重开，本地人和外来客马上出动觅食、购物，在摇摇欲坠的货架下，沸腾喧哗，构成了另一种废墟式的人间美学。

朋友们纷纷在脸书贴图。有些药庄的货架尚未扶正，大瓶小瓶、大盒小盒凌乱地散落在地面，几个店员满脸歉意地鞠躬，或许在说：恳请顾客包容，今日做不到最好，但来日方长，总有回报的好时光、好机会；天有不测之风云，台风动向我控制不了，但没法把服务做到最好则是我的错。向来重视"耻感"的大和民族必把此事看成自己的愧疚和罪孽。

我多么希望此时此刻身处关西，绝非为了"共体时艰"，贪生怕死的我可没有这伟大情操。只是因为刺激，在乱货中左寻右觅，伸腿跨过一地的瓶瓶罐罐，还有滴水的天花板，可能还有闪烁不定的灯光。客人们必须蹑手蹑脚地侧身相让而过，担心妨碍别人，更不希望被别人阻挡自己，简直像玩丛林探险游戏，购物如打猎，是难得的好经验。

购物后，去吃一碗热腾腾的拉面吧，如果面店有开张的话。而且最好去吃"立食"，此际不宜久坐，坐得太舒服，会内疚的，所以比较适合走进面店，站在柜台前捧起瓦碗，唏里呼噜地把面条吸进喉咙，仿如逃难里好不容易寻得米粮，必须用最快的速度将之吞噬，否则可能被旁人冲前夺走。

吃毕，把碗搁在桌上，抹一下嘴，放心了，瞄一瞄身旁两侧的其他客人，彼此交换一个既陌生又亲近的眼神，似是劫后余生，另有一轮唏嘘。如果这是小津安二郎的电影，大家会喝杯清酒，叹口气，然后沉默不语。如果是是枝裕和，则会有些冷笑话；即使不好笑，亦能引发夸张的笑声。笑声是响亮的鞭炮，庆祝熬过了风灾水淹而得的胜利。活着很难也很易，但无论难易总常发生于电光石火之间，你控制不了，而当领悟时已经完成。

然而立食拉面远远比不上买一个大大的碗面返回酒店房间，煮好沸水，躺在沙发或床上，一口口地、慢慢地享用。有些 cheap？咳，cheap就 cheap 吧，重要的是为了那温暖的安全感，最单纯的事情往往最稳当，在风雨的急袭下，一切那么脆弱，稳当便是最大的满足渴求，熟悉而可靠的味道把喉舌重重包围，像按摩令你的心脏和灵魂松弛下来，好好睡一觉，明天睁眼醒过来，也许又是艳阳天。

怀抱盼望，再强的风雨亦熬得过。

侍奉师

　　每回到日本，最让我感动的片刻是早上出门走动了许多个小时之后，下午或傍晚返回酒店，打开房间门，看见所有东西都被放置得井然有序。

　　本来凌乱弃置床上的衣服被规规矩矩地吊挂于椅背上或衣柜里。本来比衣服更凌乱的电线插头等杂物被分类放置于书桌上。鞋子放在衣柜旁，鞋头排列成一条直线，恭恭敬敬，像一位恭谨的客人站在那边守候着我回来。纸和笔当然亦被安排回归原先的位置，或在电话旁，或在电脑旁，仿佛前一秒仍然有人在使用，写字的人忽然离开了，它们遂静止；写字的人忽然回来了，它们满心欢喜，脸有喜色。

　　床单和被子，不消说，干干净净，气味清新地铺展眼前；床边有柜，柜上通常放着一只小小的纸鹤，或蓝或红或绿或橙，有颜色的，宁静地躺着，似是预祝旅人能有充足安详的睡眠，人在途上，它是你的伴。

　　于是我把搜购回来的大包小包放到房间一角，踏进洗手间，打算洗脸洗澡，洗去一天的疲累；而明亮的灯光启动后，必会看见梳洗用品整整齐齐地排列于洗手盆旁，像士兵等待检阅，各有端庄仪容。旅行时，我习惯用一个不大不小的黄色尼龙袋子装牙刷、牙膏、须刨、隐形眼镜、牙线、剪刀之类理容杂物，每天早晨把它们倒出来，用完，便懒得放回，洗手盆旁乱成一团，如战后废墟。故当发现废墟被"重建"得如斯稳当，心头难免震动：一方面暗暗惭愧于自己的粗疏暴烈；另一方面汲汲感恩于侍奉师的细心体贴，很想亲口对她们说声感谢。

是的，侍奉师。在日本，不管是住现代五星级还是复古传统式酒店，总常感恩于侍奉师之用心。那虽是她们的受薪工作，但从工作的细致程度来看，她们对陌生的房客有着一番敬意，那当然亦是对于自身专业的敬意；而且从日本文化的角度看，那更往往是对于天地的大敬。能把细微的侍奉工作做好，便是志气。卑微便不再是卑微，甚至侍奉亦不再是侍奉，而变成招待，"反客为主"，她们变成房间的主人，把房间和物件通通整理妥当，如使天地安稳，好让酒店房客回来睡个清明好觉，如同在她们怀里。

当侍奉的志气到达某个境界，如日本人之收拾榻榻米上的床被，侍奉更成仪式，如表演艺术，隐含着不可言传的道。日本人于天地之间总可见道，而这正是，我们常喜日本的理由。

日出吴哥

上一回等待黎明已是十年前在肯尼亚草原了。不，当时是追逐黎明，凌晨五点搭吉普车摸黑前进，朝东，仿佛跟太阳有约在前头。而当阳光依约来临，我惊讶地发现吉普车的四周皆是飞禽走兽，所有生物，用沉默参与完成日出的庄严仪式。

这一回才是真正的等待。凌晨五点半从酒店出发，十分钟已到吴哥窟前面广场。黑暗里，各自用电筒或手机照明前路，找到了荷花池，各自在池边堤上占据位置，远眺庙塔尖顶，以及据说将从塔背缓缓升起的太阳。

上网查了，今天的日出时间是六点十分。坐等，三十分钟、二十分钟、十分钟，除了有个台湾游客极不识相地用手机播放张学友的陈年老歌，其他人无不保持寂静，仿佛任何一点杂意都是对这场约会的亵渎。静，静是敬意，更是美。而这对千年吴哥来说，舍此无他，应作如是。

"吴哥"在柬埔寨语里是"城"的意思，"窟"便是庙洞、庙寺。吴哥王朝开启于公元八〇二年，但到了八十多年后的耶输跋摩一世才以巴肯山旁的吴哥城为都，往后短短两百年已有多任君主的起伏更迭，长者只有五六十年，短者更是十一二年。世上唯有日出日落是永恒存在，其他众生，其他王朝，就只是众生和王朝，再嚣张称王称霸、称帝称大，终究是历史上的闹剧与笑话。这些狂妄的家伙，祭天祭地，却总学不懂什么叫作谦卑与渺小。可恶可笑。

到吴哥窟看日出，是观光的指定动作，问题是太阳自有性格，并非想看便看，云厚了，成其掩护，她便让你白等一场。你没办法生气，你生气了，太阳也懒得理你。一般常用"太阳公公"来形述太阳，是雄性，月亮则叫"月亮姐姐"，是阴性。但时代早已不同，太阳也可以非常阴柔，说不来便不来；或者，来了，说不让你见到便不让你见到，一切自主自强自立，谁都控制不了她。

于是，这个清晨坐在吴哥窟前，唯有观人。荷花池旁有一位银发老先生，从打扮穿着上看应是法国人，旁边坐一长发女子，亦是法国女子。猜想他们是忘年交吧，沉静眺望庙塔，偶尔互看一眼，眼里尽是情意——而情意是美与敬意以外的人世献礼，对吴哥，对有情众生，毋枉相遇一场。

日落巴肯

　　在吴哥窟前看不到日出，扫了早上的兴，唯有把战场改在下午，到巴肯山上观赏日落。清晨的太阳辜负了我，傍晚的太阳可待我不薄，六点十分左右开始在云层之间缓缓退场，由炙热转为温暖，由亮丽变为艳黄，落下，再落下，终于消失在庙塔背后。黑夜降临，如同千年吴哥王朝的每个暗夜。

　　吴哥王朝旧都在罗斯，位于暹粒市东南方十三公里。耶输跋摩一世迁都吴哥，建了城，又在南门外的巴肯山建庙。山势陡峻，峰顶上有庙，但整座山其实被规划为一座庙，山底已有东南西北四座塔门，并有石狮把守，而庙又被修筑如山，因为当时的信仰是印度教，教义以须弥山为宇宙中心，诸神皆住其中，所有的人间庙都要像山，象征神在人间，君王便是神的化身。山与庙、庙和山，两者本是同一回事。

　　登山看日落必须提早到山顶占位，迟了便"满座"，没法在庙前的最佳朝向观赏。只因人数有限制，由警卫把关，只准一百五十人爬梯登顶，后至者须在庙前排队，落了多少人，才准再上多少人。我幸运，三点五十五分到达顶峰时已经"客满"，虽要等候，但排了十来分钟已可"入场"，毕竟并非所有人都有耐性等候。我和同行者等了半小时、一小时，再半小时，好不容易等到日下西山，太阳慢慢收敛光轮，天空上像贴着一颗红丸，圆滚滚的，暖烘烘的，似用最温柔的姿势跟人间暂别。眺望过去，夕阳是后景，庙塔是前景，构成了参差对照的美学。

此之所以日落百看不厌，前景有异，观感即变。半年前在日本小豆岛看夕阳，以海为景，又是另一番深刻面貌。时地迁移，那天的海边太阳是潇洒的气味，此日的大陆在庙前则添了禅意，无言，却有语，似在对观赏者传达不一样的讯息。大音希声，经历两个钟头的守候，嗯，我听见了。

癫王台上的蚊叮

离开吴哥窟前的最后一游是"象台"，时间极其急，但我坚持去，为的是想象昔年吴哥王朝的阅兵盛容，也为了瞧瞧象台旁的"癫王台"，看一眼这个甚有传说趣味的小台基。

象台是吴哥皇宫前的石砌平台，高约两三米，宽约三百五十米，由起始到终结处皆有象形雕刻，象拔高低飞扬，象牙朝前延伸，象背虽然没武士骑着，却仍可供观赏者"脑补"，一眼望去，似有无数士兵在象前象后象上现身，手持盾牌与长矛，保疆卫国，征战拓土，在丛林里打出一片血肉江山。在动物里，我的最爱是马，其次是象，吴哥既有象台，我不可能不来。

至于癫王台，是象台东北端的一处台基，高七米，刻有印度教大神"牙麻"，他主宰的是死亡后的审判，有点似中国民间传说的阎王爷，手握金刚棒，厚唇巨鼻，威严十足，谁见了都会跪下叩头。台基被冠以"癫"名，一说是雕刻石材满布苔斑，似人的皮肤病。一说是建城国王耶输跋摩一世死于麻风病，癫王指的是他，不是石材。还有一说更有意思：昔年谁家有争执解决不了，相约来到此台，甲乙双方分坐在台基对岸的小石塔内，不准走，不准动，旁边互派亲属看管。坐上三四天后，理亏的一方必全身长出麻疹疥疮，不得不投降离塔；有道理的一方则安然无事，无病无痛，回家睡大觉去也。当时的人称这为"天狱"，天网恢恢，老天眼里自有公平。

我在其中一个小塔内盘腿坐了一下，咦，忽感双臂麻痒，难道我亦有理亏？回心想想，活到这把年纪，不可能没有大大小小的亏欠啊，对人对事，若有"天狱"惩罚，亦是合理而公道。如有不报，时辰未到，假如今天才报，已算是老天厚待了，还有什么好抱怨。

于是带着满臂蚊叮的洞痕，起身离开，满心欢喜。活着，确要感恩。

庙里的孩子

　　昔之巴岸，今之蒲甘，两回到此城已经相隔三十一年。在仰光机场登上螺旋桨小飞机，摇摇兀兀地冲上云霄，一路倒是平稳，而且因为低飞，看得见地面的山川河田，以及无数的一个又一个的佛塔。圣地佛国，下午三四点的暖阳映照在不厚不薄的云间，连云雾也显慈悲。

　　此行一直想做一件可笑的事情，却因太可笑，终究没落实。

　　上回到此采访，连最古老的庙塔亦没被铁栏铁门围封，素朴的年代啊，岂容疏远于信众。所以可以攀爬。当时遇上一对八九岁的缅族兄妹，用不容易明白的英语说："我们是你朋友！我们带你参观，但你要请喝汽水！"就这样，四天三夜，兄妹领我各骑一辆单车在庙塔之间穿来游去。此地曾经号称"四百万佛塔之城"，遍地或高或低的庙塔。明格拉斯达佛塔建成于一二八四年，曾有僧人预言"国将亡于塔成之日"，虽不准确，却只差了三年，一二八七年元世祖忽必烈长驱直入巴岸，结束了缅甸首个统一王朝的生命。

　　那几天由兄妹领路，聊笑相伴，到处采访和参观，道别时自然跟他们以及其他的初识朋友依依不舍。拍了照，握了手，也循例说"下回再见"。而下回，即今天，已是三十一年后的事情了，他们何在？如在，已是四十岁的中年人了，会否仍在昔之巴岸、今之蒲甘？

所以这回我极想拿着一张模糊的黑白照片，到处问问有没有人认得照片中的小男孩、小女孩。我幻想着，问了一位中年男子，他"呀"一声道，就是我呀，旁边那个就是我的妹妹，她早已嫁到别处，有三四个孩子了。

犹豫了一阵，最终没问任何人。就让照片藏在怀中、让记忆刻在脑海好了。或因怕问不到而浪费时间，或因怕被当地的人取笑，或因问了无果而倍感失望，又或，担心问出了一个不好的结果，得出了什么天灾人祸的戏剧化的答案。不如作罢。

倒是另有悬念：有天傍晚我盘腿坐在坛前，不远处有父亲抱着两岁左右的儿子，孩子回头望见我，竟然眨一下眼睛，像见到老朋友，挣脱其父的手，噔噔噔地走到我身上，老实不客气地坐到我怀里，一坐坐了十分钟，直到父亲过来抱走。难道真是三十一年前在此结识的老朋友，不幸早逝，轮回为童，有缘相遇乃趋前相认？

"老友，又来了？认得我吗？"孩子或在心里暗问。

不认得了。但，记得。结识过的缘分都记得。

带着这样的浪漫怀想，离开蒲甘，回到香港。下个三十一年，八十七岁了，仍能再去？

老古巴，仍然在

　　酒店在古巴哈瓦那的中央公园旁，从窗外望去，几十辆老爷车停在路上待客，红白蓝银都是亮丽的颜色，都是六七十年前留下的古董，却又是此地生活的日常，远眺像一粒粒包着彩纸的糖果，充满趣意，看得我的口腔冒起一阵虚幻的甜。

　　但我没有租搭老爷车，这回决定能够用脚行走便用脚行走，老爷车宜于远观，若真坐到车厢里，看到的仍然只是窗外风景。有些事物毕竟看的比用的来得合适。

　　在哈瓦那的行走路线当然以老城区作为起点，由东往西，有中央区，再有新城区，然而其实差别不大，偶有十多层的高楼，其余皆是两三层的欧式旧建筑，其中又多破烂崩塌，却仍是确确实实的民居。楼房露台常现身影，悠闲地，或百无聊赖地站着，坐着，地面门前和阴暗的楼梯间更是人影幢幢，老的、少的、托腮的、闲聊的、抽雪茄的，似在等待些什么，却又似不知道能够等待些什么。

　　一月的哈瓦那依然微凉，日落后更甚，白天可穿 T-shirt 逛荡，到了傍晚便须穿回外套，再晚些，惧寒的我连围巾亦要披上。由早到晚沿着滨海大道来回走动，一边是啸啸拍打的海浪，另一边是十室九空的几近于崩毁的老房子，其中穿插着两三间装潢精致的餐厅和咖啡店，参差对比之下更显得旧房苍凉。二十世纪五十年代，这里曾是古巴的黄金大道，这时候的老爷车是那时候的时髦车，商店、酒店、赌场，此地是美国境外的另一个 Vegas（维加斯），是美国人的后花园，是黑手党的淘金窝，繁华破落之后，人走了，楼房却在，用空荡寥落来见证曾经有过的糜烂和灿烂。偶尔呼呼驶过老爷车，轰然的引擎声响是老日子的新回音，又把许多人对古巴的想象扯回到老日子去了。

楼房在，老古巴便仍在，只不过斑驳了颜色，该记得的，都在崩颓的墙楼里被记下来了。

古巴女子

　　香港艺术节有一场叫作"名伶花旦展演话当年"的活动，在油麻地戏院，人地相宜，是天衣无缝的安排。夜灯下，踢过几级石楼梯步进会场，怀旧的气味扑鼻而来，然而毫不衰败，听者和讲者的眼睛都满是热情，如火，令流逝的时间沸腾如一炉热汤。

　　活动分上下两场。

　　前半场由蔡艳香和李奇峰话旧忆往，粤剧戏班在二十世纪四十年代至七十年代的辉煌与流转，两位前辈娓娓道来，说尽了台前幕后的伶人悲喜。后半场由黄美玉和何秋兰登台唱说，一位九十岁，一位八十八岁；一位是中国和古巴混血儿，一位父母皆为古巴人。粤剧把她们串在一起，四五岁已经结识于哈瓦那，一起学戏唱戏、登台走埠，其后离散分道，各自在革命的年代里走出自己的路，种种往事已在魏时煜导演的《古巴花旦》纪录片里说得清清楚楚，你应不觉陌生；如果你觉得陌生，快上网，网上有短片。

　　而当她们身穿戏服、脸化浓妆，站到台上开腔唱曲，自有一番超越视频向你涌来的生命力，不断敲击你的心胸，让你感到呼吸紧些，再紧些，紧到了情感的高峰，如果你够认真，脸颊可能都是泪水。

抱歉，我又想起张爱玲小姐的文字了。在《传奇》序里她说自己看蹦蹦戏，戏台上的女子把角色身世交代得确切明了，"黄土窟里住着，外面永远是飞沙走石的黄昏，寒缩的生存也只限于这一点；父亲是什么人，母亲是什么人，哥哥，嫂嫂……可记的很少，所以记得牢牢的"。

然而两位古巴花旦可不是这样。她们记得的可多呢。童年戏伴有谁，走埠的地点时间，父亲如何教唱，怎样用西班牙语记词，统统像故事般细数。舞台背景配合投影黑白照片，八十多年的生命如戏，在观众的眼里、耳里再演了一遍，而她们，在述说的过程里，想必亦如重活了一遍。

其中一帧照片是三十岁的黄美玉拿着一张报纸，大字标题印了卡斯特罗的名字，以及另一个词——革命。她穿军装，戴墨镜，以新的姿态迎接新的生活。但她的粤剧生命就此停驻。而她，老了。

幸好戏台仍在。她和她，粉墨重临，在锣鼓乐声里，在油麻地戏院内，用苍老的声音告诉大家，别担心，我们在工尺曲谱里有着永恒青春，古巴天涯，粤乐咫尺，只要唱过演过即不遗忘。——世间观众，毕竟有情有义。

Side B 一　　　　湖山还是故乡好

此之所以杭州最美的时刻是沉沉的深夜。车子消散，市声沉落，趁着月色，在杨公堤旁缓慢地步行，蛙声鸟鸣作为伴乐，沿途袭来花香，偶尔几道人影，仰颈望月，西施的月、岳飞的月、你的月，都在。

湖中也有月，也都属于你。

行低，人不低

　　偶尔周末到深圳，但行走路线早已离开市中心而向东或西转移，愈来愈似美国了，中心区只是行色匆匆的揾食地带，东南西北的新小区才是 hobby area，依嗜好不同而各觅所喜。爱打球的，有个大大的高尔夫球场；喜钓鱼的，有个大大的湖、静静的水；钟情文化的，有大大的美术馆和展览馆，至于买书，更不必说了，尽管市中心的四层楼高的购书中心关门了（原因并非亏本，而是赚得不够多。该中心位处地铁出口，地理位置极佳，背后的母公司换了总经理，决定把空间移作别用，另搞高盈利商场，请书本让让路。换了是我，亦会如此，宁可把多赚的钱支持别人在其他地方开书店），却仍有人前仆后继地尝试探索，像在四川成都起家的"西西弗"，十一月在万象城商场内开了第一间书店，东部华侨城亦有间"旧天堂书店"，卖书本，也卖黑胶唱片。咖啡很好喝，坐下来，午后悠长，隐隐似走过旋转门穿越到欧洲。

　　华侨城附近的"欢乐海岸"也发展起来了，本来只有主题公园，如今有了一些大大的食肆，韩菜、日菜、川菜，每间都是豪宅别墅式格局，吃惯了这种地方，回到香港的狭窄名店真似去了小人国。我最爱的是"紫苑"，徽州老宅式建筑，据说许多建材确是由徽州转移过来的旧材料，主要是喝茶，也可用餐，价格属于高档，但在幽静的厅房里似把时间定格，原来在这现实的意义下，"用钱买时间"，不是不可能。

　　曾有一夜在紫苑欣赏豫剧名家们的清唱聚会，远从河南来这里，九十一岁、七十三岁、六十九岁，都是专业的老艺人，站着，在老宅大厅里扯开嗓门，喊唱中原文化的老故事。因距离近，因在目前，我这外行人被听不懂的曲词和歌调深深感动。年逾九十的苏兰芳女士，十三岁开始学戏，二战时，逃进森林躲避日兵。好多年不唱了，最近十年才再唱。她说，唱戏苦呀，但自己喜欢，没法子。她说，戏行不被尊重，尤其地方戏，更没被重视，可是，"行低人不低，人若低，只因自己做得低"。真是庄严的大志。

　　苏女士演唱时，撑着拐杖，腰背弯了却仍用力挺直，起初我微微为她感到难受。但满足之情在她脸上，毅然决然也欣然，遂让我很快释然，艺术之美把观众和表演者都催眠到另一时空了，不太在乎当下艰困。人不低，比天高。

上山

新年依例上山向逝世的亲族长辈上香叩拜。新年好，问安。

是阳明山区所属的天祥宝塔禅寺。从天母开车出发，气温摄氏十六度，不高不低，微寒，但因地势高，感觉特别冷。车子在弯弯曲曲的山路上行转，路窄，车多，互相闪避，不能说不惊险，但比起在异域行走路况已算万般平稳。在异域走动多了之后，回到台湾，顿觉这是安全之城，吃得安心，行得放心，至少目前尚幸未被"自由人"攻陷，是个 livable 的好所在。

因是习俗，寺里人多，汽车停泊亦要稍等空位，但奇怪的是人多而不嘈杂，走进寺内到处看见人头，却仍然是宁静的，即使说话亦都把声音压低，保住了佛门场所的庄严肃穆。大殿前，摆放着一张张塑胶矮椅，红红蓝蓝的，跟黄澄澄的灯光和墙壁对比出突兀的视觉趣味，人们或坐或站，分享免费供应的素食便当、水果和热汤，寺外微雨，雾色浓重，吃食进了肠胃，倍有充实感，天地慈悲正是常常以肠胃的安全感和充实感作为起始，自己有了活力，始可对人间有爱。

先人的灵骨塔供奉在殿旁区域，要登记，再脱鞋，始入内，一排排的小盒子，有门，有锁，有名字或号码，晚辈们跪下合十低头，对长辈喃喃问候致意：不存在的长辈，却又依然存在的长辈。

离开禅寺已是中午一点多了，三辆车，十二人，再在山路之间兜转下山，中途停下十分钟，吃了盐酥鸡和米粉汤，台湾的路边小吃总让人没法拒绝，尤其在家人的热闹陪同下，美好的吃食构成了双倍，不，N倍的享受。

忽想起前阵子看降旗康男的《给亲爱的你》。老男人丧妻，妻子留下遗书，说寄了一封信到远方，要求他亲自去取。老男人索性辞职，开车去了。千山万水，沿途遇见奇妙的人和事，终于到达目的地，读了信，原来只有一句"谢谢你"。坐在海边，他恍悟妻子只是担心他独困家里，沉溺悲伤，故刻意引他出门，遇上生命里的种种可能。这是"疗愈系"的旅行方式，妻子临终前还用心替他设想，爱的延伸，死而未已。

上山祭拜想必算是"团聚系"旅行吧？尽管并非预设，但也只有这能让分散台湾各处的亲人每年按时聚在一起，行走，吃喝，回忆往事，在述说笑声里跟已逝的长辈仿佛重遇，时光不再却又可在，原来久别确可重逢。

时间并非直线。直线从来不比曲线美。

黄春明的红砖屋

跟杨照和张大春从台北开车往南走，目的地是宜兰，翌日回程，绕个弯到罗东一趟，为的是一间叫作"红砖屋"的咖啡馆。但真正为的，其实不是屋，而是人，是咖啡馆的主人——黄春明。

罗东是镇，归宜兰县管辖，人口仅七十余万，面积仅十一平方公里，原名叫作"老懂"，但跟懂不懂无关，而是当地噶玛兰人的土语，意指"猴子"。古早的时候，此地有很多猴子，或应说，猴子比人还多，而故以猴子做了地名；游人来了，嫌其野俗，改用同音字。地名总是由俗入雅，但其实所谓"俗"往往才是生命力之所在，多少历史，几许悲喜，皆在其中——"雅"，便抹杀所有，把历史扔进了记忆的垃圾箱。

黄春明在罗东小镇做什么？这是他的故乡，这是他的家，所以，这是他的咖啡馆。他在咖啡馆里给孩子们讲故事。

红砖屋便是黄春明的咖啡馆，位于罗东火车站前，小小的，以前是政府的货仓，被丢弃多年，终于廉租给殿堂级作家做讲故事的立足点，带动"文化旅游"创造生机，更给当地的孩子带来想象力的起飞机会。咖啡馆内，卖饮料，也卖书，但大部分空间摆设了矮矮的桌椅，并设置了一个低低的舞台，家长和学校可以随时租场地做教育活动，或可任意前来，让孩子静静地坐在书海里，浸润、熏习，比去什么汉堡快餐店有意思得多。

至于黄春明本人，除非外游，否则每天必现身于店里，跟家长和孩子聊天谈笑，更重要的是，会坐在木台的矮椅上说故事。我去的那天，张大春在车上先跟他打了电话，确定他的在场时间，到达时，他亦刚好来到。大伙进门，他笑道，你们先坐一下，我讲完故事才跟你们聊。然后，二话不说，坐到台前，手舞足蹈地对着二三十位早已在等候的孩子说个不休。孩子们有三四岁的，有十多岁的，或听得懂，或听不明，但皆投入气氛。因为父母都在，有安全感；也因为有连番笑声和掌声，再小的孩子都把注意力集中到黄春明身上，甚至有一两个孩子爬到他脚边。他弯腰，把他们抱起，一手抱一个，七十八岁的他是个慈祥的老爷爷，也肯定比一般老爷爷善于说故事。

如果不善于说故事，怎可能写出《莎哟娜啦·再见》《儿子的大玩偶》《锣》《苹果的滋味》等动人小说？那书写的笔迹在读者心中划下深刻的感动，当黄春明坐在眼前，我唯一能做的是专心聆听。

聆听以外，我也买了一本新版本的《莎哟娜啦·再见》，请黄老师给马雯签名。夜里，回到台北，睡前在房间重读书里所收的几篇早已读了好几遍的故事，真是温暖感动。那时看了真心酸啊。但新版有了一篇序，是黄春明自己写的，成篇都是国峻国峻的，那么令人疼的幺儿呢，那么会讨老父开心的幺儿呢？这时，就真的为这七十八岁的老好人家流眼泪了。国峻啊，你真幸运。

黄国峻，一九七一年出生，二〇〇三年自缢，小说家，抑郁症，据说为情所困。他的父亲叫作，黄春明。

素人作家

从太原往五台山的路上，一位老先生搭了便车，坐于前座，每隔一两分钟便转身侧脸望向后座的我和张家瑜，笑着，露出残缺不全的牙齿，是亲切友善的笑容，还不断微微点头，仿佛仍然因为中途挤入我的汽车而觉得不好意思。

然而他又似有话想表达，却因听不懂我的港式普通话，我又听不明他的山西土话而作罢；所以就只能一直笑。笑，是最普世的沟通语言。我就唯有不断对他笑回去、点头回去。

但幸好，除了语言，尚有文字。老先生忽然从随身的布袋里掏出几页纸，边递过来，边说"给你看看"。这四个字我其实也没有完全听懂，可是他有动作配合，我便猜对了。

接过那三页纸，上面有密密麻麻的手写字迹，是一篇文章。我初时以为这是老先生的上访控诉书，打算到五台山交给地方领导，但瞧瞧标题是《母亲三次痛哭为何因？》，明显不像，细察内容，始知是他的回忆故事。

生于一九五八年，山西忻州台怀镇农民，十五岁离乡进城，母亲送他到村口，望其背影，失声痛哭……文字写得感人，尤其是由这样的老先生于这样的旅途上亲手递来的稿子，更让我觉得有感染力。

"所以，老伯伯，你是作家啊！"我对他说。

他摇头笑笑，叽叽喳喳地说了几句话，我请司机翻译一下，大意是说，他仍在务农，每天下田，有空便写文章，把往事写出来，给亲人们看，留个纪念，如此而已。说着他又掏出另两篇文章，之后，意犹未尽，再掏，此回从袋里掏出了一本厚厚的装订成册的稿子，全部是他的生平故事或儿时听过的乡野传奇。我匆匆浏览题目，都很有趣，是大时代的小侧写。如果活在台湾，这样的老先生想必被誉为"素人作家"，说不定会有报纸传媒前来访问，替他做个小专辑。

车子在公路上奔驰，我眼力不好，把书稿还给老先生，但对他说，如果他有兴趣在香港刊登其中一两篇回忆录，我可以帮忙试找门路。司机把话翻译给老先生听，他眼睛边听边发亮，听完，笑不拢嘴了，简直像遇见神仙一样，想必觉得不可思议，怎么这么有缘分竟能在路上遇见，由之能在香港发表文章？

抵达五台山后，老先生下车，说回家会再抄两份手稿，晚上亲自送到酒店给我。我笑道："好啊，我等你，结个善缘，善哉善哉。"

湖山还是故乡好

匆匆从上海赶往杭州，出席了陈雪的新书发布会，旋即又赶返上海，再搭机回港，幸好路上交通畅顺，若换了在塞车、再塞车、再塞车的北京，肯定没法在一天之内办这许多事情。

在京城生活过的朋友都明白，在那地，城市大，车子多，从南城往北城办个事，车程来回，包括塞车、转车总要耗上三四个小时，精力耗损得快，一天之内能把一桩杂事办得完已算运气好。最近再度听朋友有此感叹，我更忍不住挖苦道："能够活着回家已经很好了！"

上海终究比较适宜人居。空气远胜北京，是其一；城市较小，是其二；有街道、小巷、树荫，足供散步，尤其秋天有枫叶、梧桐，是浪漫的拍拖城市。如果我是香港年轻人，刚出道时若能被公司派驻上海一两年，算是福气；若有类似机会，记得争取。

杭州当然更是过日子的好所在，尤其对 IT 行业人才来说，该城有不少跨国网络集团的总部或关键办公室，阿里巴巴的成立地就在杭州，"巴巴族"风靡于市，昂首挺胸，替城市添了几许生气。可笑的是杭州的地铁修筑了四五年，仍是乱七八糟。有人说是因为地质不宜，施工难度特别大；但更多的人说其实是因为招标过程乱七八糟，品质不良，严重浪费公费，也延误了进度。（编者按：爱之深，责之切。作者此文及后面几篇批评杭州的文章，都作于几年前，足见作者对杭州之爱。其实近年杭州地铁和市容已大有改观，但为保留文章原貌，不作删改。）

从杭州返回上海时，搭高铁，庞大的车站从前面广场已经挤满了人，或因是市内车站，故人多，跟其他城市的高铁状况不太相同。在上海、北京、广州等地，车站皆在市郊，大如机场，便显得空荡。我曾在上海搭早上十一点的车，十点半先到站内的"麦记"买汉堡，以为三分钟买完，再用三分钟便可登上列车，殊不知买食要耗上十分钟（一来有人插队，二来服务员手脚慢！），从"麦记"走到闸口又要十分钟，走得我气喘吁吁，几乎猝死于地，愈来愈像朱天心在《初夏荷花时期的爱情》里所感叹的，老了，吃不动了，走不动了，做不动了。

于是我坐上高铁之后是彻底地放松。朋友代订的位子，A1座号，有如当年董太搭飞机，才一百多元人民币，豪华商务舱，比飞机商务舱更豪华。半躺着，窗外树林、屋顶呼啸而过于眼前，隔着玻璃看，特别宁静，但心里记挂着赶回香港，不为别的，只为是自己的家，"湖山还是故乡好"，城市也可以是故乡，没湖但有海，有山但不高，却，仍是好。

山不青山楼不楼

　　尽管路窄、车多，到了杭州，总是不能不尝试踩单车。骑在车背上，或缓或急，从不高不低的视觉水平线看湖、看山，这个城市与你之间的关系别有一番亲近熟络。

　　杭州街头到处停着鲜红色的由市政府提供的单车，用市民卡或蓄值卡即可租用，一小时内还车，免费，逾时亦只不过每小时收费三元。单车都锁在巴士站旁，用卡开锁，记录时间，自由骑走，谁都不管你，你也不必管谁。其他五颜六色的则由民间经营，十元一个钟头，押金三百，千万别留下"回乡证"做抵押，否则你永远不知道证件会被复制、伪造、拷贝几个。

　　西湖宽广，踩车游湖的最高指导原则是切忌贪心，如果你企图环湖一周把湖游完，不仅双腿疲软至极，更是浮光掠影难得湖色之美。所以最好严选三四个景点，骑车而至，把单车停在路旁，坐下静心欣赏湖光水色，便够了。我的建议是先到"曲院风荷"，那里人少，找张长椅静坐远眺荷景、湖景、人景，一颗心沉淀下来，天朗气清人更清。

　　傍晚时分则骑车到"断桥"观赏落日，桥上人多，你是不可能停下的，但过了桥则有湖边长椅，可供暂坐，望向湖上舟子轻摇，摇摇晃晃，夕阳片片沉降，足把你催眠入梦。日落之后，是填饱肚子的时候了。湖边有一大堆以"楼外楼""海外海""天外天"之类为名的食肆（饮食店），不算太贵，择一而试，亦是好。此等名号倒令我想到明朝张岱在《陶庵梦忆》里引述的嘲讽诗句，"山不青山楼不楼，西湖歌舞一时休。暖风吹得死人臭，还把杭州送汴州"。

时移事往，山楼仍在，歌舞不休，流莺遍地，张岱这大才子若再游湖，必有另一番梦忆、梦遗。

西湖旁最宜读的一本书

匆匆到杭州一趟，两年未到，市内高楼再添无数。幸好西湖仍在压阵，湖水阅尽千年沧桑，以不变应万变，兀自逍遥娴静。

湖边却是闲不下来也静不了。炎热的周六下午，游客多如香港广东道上的自由行，远远望向通往"断桥残雪"的道路，桥左、桥右、桥中间，都是满满挤挤的身影和人头，似傍晚六点的中环港铁站内的东涌线行人输送带，前胸贴后背，湖若有知必亦失笑。

"算了，算了，赶快逃亡。"我用逃避战火的语气对身边的人说。于是转入湖边对路的一条小斜坡，人不多，走路十来分钟即见一座高塔，塔旁有游客拍照喧哗，又是令人感到头痛的景点，于是再次逃亡，终在附近找到一间名为"纯真年代"的咖啡馆，五六张桌子，四面书墙，竟然无人，最适合性格孤僻者如吾辈。

趁咖啡未到，浏览一下墙架上的书，发现林语堂的《苏东坡传》，宋碧云译本，许多年前读过了，没想到此地重逢，而且是远景的繁体字版，颇有他乡遇旧友的温暖感。宋碧云在台湾是中学老师，闲时译书赚钱，不少名著，如《百年孤独》便出于其手。林语堂写苏东坡，用的是英文，引用大量诗词和古籍，却没加注，宋碧云唯有找出相关的百多本书，一本本地查考，一句句地对应，务求在中译本里令中文变回中文；有这样的翻译者，是作者之幸，亦是读者之福，恐怕在那遥远的"纯真年代"始会出现。

苏东坡是绝世才子，一辈子却欠官运，经常站错边，在党争里被皇帝一贬再贬，但林语堂写他，取材重点在于苏东坡如何在逆境里自我开解和调适，苏之机智、苏之豁达，令他能因逆来"顺"受而大大减轻了逆的重量。杭州便曾是苏东坡做官之地，他游山玩水、吃喝玩乐，西湖好些景致即为他所命名，甚至规划。其后他屡遭贬谪，最远时到了海南，但他仍是游山玩水、吃喝玩乐，确是"终身不改其志"。他又对身边的人说："最近听闻有几个京师老友患病吃药，结果反死于庸医手上，幸亏我贬官南下，此地是蛮夷地方，根本没有药也没有医，否则很可能跟老友们落得相同下场。"

苏东坡的小幽默恐怕唯有"幽默大师"林语堂能写，他写苏，却又何尝不是在写自己？书中人、写书人、译书人，三剑合璧，出版无敌。而在西湖旁读《苏东坡传》，是三剑以外的大红利，人地相宜，抵消了湖畔烦嚣，或是西湖暗暗给我的赔偿吧？

遗憾的城市

杭州五月。

刚过了满城桃花的好日子，距离桂花遍地的九月天尚有一段时间，但五月有五月的宁静优雅，不热，不冷，偶尔下几场微雨，在西湖旁边或散步或闲坐，几乎出神得忘记了岁月纠缠。选择在这个时间前来，选对了。

这几天刚好碰上杭州的西湖音乐节，本来以为是官办活动，打听一下才知道是由民间企业和媒体发起，一连两天，在湖畔草地上，风雨无改，不见不散。几个舞台高高搭起，摇滚与二胡齐飞，古典与hip-hop共舞，人们从四面八方凑过来，平常会觉得这叫作"拥挤"，唯因有了音乐在空气中渗透激荡，这便只叫"热闹"。

稍稍不好的是路上车子终究太多，大车和小车、长车和短车都堵在马路上，废气倒不说了，最糟糕的是几乎所有车辆不断响起喇叭，呜呜呜，呜呜呜呜呜，等于用最恶俗的声音替演出伴奏，是对音乐节的污蔑、对耳朵的干扰。

此之所以记者探问我用什么词形容杭州，我选择了"遗憾"二字。这样的城，这样的湖，这样的树与花、历史与故事，本可让杭州成为另一个不舍离开的京都，可以行行走走，走到哪里坐到哪里，抬头看湖看水、看这看那，触目都是美。就只可惜挤得不堪的交通以及更更不堪的汽车使用者严重打扰了城市的清幽，到最后，它就只能是杭州。杭州就只是杭州。

此之所以杭州最美的时刻是沉沉的深夜。车子消散，市声沉落，趁着月色，在杨公堤旁缓慢地步行，蛙声鸟鸣作为伴乐，沿途袭来花香，偶尔几道人影，仰颈望月，西施的月、岳飞的月、你的月，都在。

湖中也有月，也都属于你。

五月杭州。

笑容

年节的中国其实是很美好的中国，咳，至少是相对美好。人都回乡过节了，城市是难得的清静。车少了，人少了，绝大部分商店都关门了，或因平日过于吵闹，此时此刻，不觉萧索，只感安宁，总算可以缓慢地在街头溜达，无所事事地，百无聊赖地，于是难免想起近日广被传诵的木心诗句，"不知原谅什么，诚觉世事尽可原谅"。倒过来说，当城市过于喧哗，极容易事事都应生气，尽管不知道为何生气。日常的中国，正是如此。

春节里的中国的另一特色是人脸上多了笑容，即使是客气的笑、公式化的笑，亦是笑，总比臭脸或冷脸好得多。这里看见了传统的制约。平日的民间百姓何尝不知道应该以礼相待，店里服务员更明白这是商业规矩，但，都做不来，或都不愿做，仿佛做了便吃大亏了；就算勉强做来，亦假到全不像真。唯有到了春节，似乎有一种传统氛围由空气外面往身体里面灌注，同时有一种心理状态由身体深处缓缓冒升，令大家自动自觉地对陌生人扯出笑容，陌生人对看一眼，接受下来了；或因心知肚明"机会难逢"，每年就只有这么一两天会有这温暖相逢，春节过后，回归正常，陌生人又再冷脸互对，所以更值得好好享受此时此刻。

中国人对于春节之类的传统时令，终究怀抱敬意。美食、红包、笑容、吉祥话语，该有的都要有。这是民间社会的人情底线。

在中国过年，若能在朋友家里吃，固然好，否则到街头寻找仍在营业的饭店终究有点难度，需要一点运气。曾有一年在重庆过春节，店铺门门深锁，好不容易在一条窄巷的斜坡梯阶上找到一个面摊，站在对街望过去，白花花的热气从锅里碗里冒起，戴着帽子、挂着围裙的老板娘笑着忙着招呼客人，仿佛不是因为有钱可赚，而是因为有缘招待这些千辛万苦才找到吃食的陌生人，我感动极了，几乎流泪。

重庆是山城，斜坡处处高高低低，许多小摊开设在梯阶上，每层梯阶放置两张小桌子，五六层便有十多桌，客人坐着，参差有致，构成了活力生猛的风景图，似是舞台布置，却又是真实不虚的民间生活；如果刚好有盲人拉着胡琴行乞走过，中国千年，立即重现眼前，也把你以迅雷不及掩耳的速度拉回古代。

那天我吃了一碗麻辣牛肉面，坐在古代的梯阶上，我变成了古人。

夜游

　　如同绝大多数中国城市，以"发展"之名而破坏了城市的面貌，成都古貌早已全消，剩下的旧物，只有这里半道墙，那边半幢楼，然后在这之上加盖再加建，名为"仿古"，其实通通是海洋公园老香港式的观光胜地，像整容，鼻翼、鼻骨可能全是人工后设，唯剩鼻孔里面的几根幼细的鼻毛仍是主人的原装货。

　　真正值得走走的，倒是像文殊院和大慈寺之类的宗教宝地，毕竟格局仍在，佛钟长响，挑一个游客不多的下午或清晨，在寺院内把步速放慢放轻，沿着长长的回廊走上半小时，心情总能意外地沉淀光明。

　　是的，挑选。旅游，必须学懂严选，选空间、选店铺、选食物，而且要选时间。许多地方不是不能去，只是有太多人了，再雅致的地方亦变得恶俗难耐。上回去湖南凤凰，在沈从文故居前挤站着几百名游客，都头戴鸭舌帽，是本土游的"鸭舌旅行团"，每团的导游一手举起小旗子，一手持着扩音器猛喊猛叫，远远看见，我立即头晕，转身疾走，宁可返回旅馆上网，然后等到晚上十一点多才出动，再到故居门前溜达徘徊，即使进不了门，已够温故回味。

　　夜游确是好策略。在杭州的河坊街，我亦是十点半才到，店铺皆已关门，在昏黄的街灯下漫步于砖石路上，街头有人吹笛子，街尾有人拉二胡，悲凉萧瑟的音符在空气里盘旋飘浮，我坐在路中央，隐约感应到一个遥远的古代中国。

此番在成都的宽窄巷子亦是。夜里的店铺关得七七八八了，走到转角处，忽地迎头遇见一位盲眼老翁站着拉二胡，吱吱呀呀，背后是一道厚厚高高的仿古木门，悲不成调，拉出了另一个世界。

龙场悟道

从香港到贵阳只需两个小时机程。走了一趟，下机时五点多，再转一小时车到修文县龙场镇，微雨阴寒，气温倒仍有摄氏四五度，无雪，于我是一点点地扫兴。闻说数天前此地大雪，我期待的是一片白茫茫，岂料我来雪走，剩下的只是一个冷字。

到龙场为的是看看王阳明的悟道洞穴。中学时读他的《教条示龙场诸生》课文，老师讲解到"龙场悟道"的前后故事，印象最深刻的是"格竹"，同学们哈哈大笑，邻桌男同学低声说句："憨×！"老师听见了，罚他站，对他说："你去格墙吧！"

话说阳明老兄的思想成长历程多变，所谓"初溺于任侠之习，再溺于骑射之习，三溺于辞章之习，四溺于神仙之习，五溺于佛氏之习……始归正于圣贤之学"，有一段日子他努力修学朱熹的格物致知，和一位老友站在屋前定眼观竹，希望"格"竹叶而得真理。老友观了三天，双眼发黑，未格出任何道理，却先昏倒；王阳明坚持格下去，多格了三天，也晕过去了，由此对格物策略深表怀疑。

王阳明是学霸，考试成绩好，做了大官。但得罪宦官，从北京被流放到遥远贫穷的贵阳龙场。他去流放地之前先回老家一趟，竟然发现宦官派人跟踪追杀。足智多谋的他把行李和鞋子放在岸边，假装跳河自尽，并留下悲情遗诗："百年臣子悲何及，夜夜狂涛泣子胥。"然后他遁入深山逍遥过活。但在山里遇见道士，提醒他，这一躲，势必连累家人，倒不如把流放看成修行，也是好。他便去了，并在龙场的洞穴内领悟"圣人之道，吾性自足"，由此发展出"阳明心学"，影响中国数百年，以至于横扫日本思想界。当年此悟，史称"龙场悟道"。

那是五百年以前的事了，洞穴至今仍在，深、冷。我想象王阳明盘腿而坐，身旁烧着柴火，满脸映照得通红；穴外繁星闪动，他忽然出神，看见日月星辰和满天星斗，啊，这便是了：心外无物，心即理，理即心，人情物理，不假外求。

那是明朝中后期的大解放年代，所谓"晚明大变局"，城市昌兴，物流繁盛，白银内流，形而下的起飞支撑了形而上的反叛，种种的怀疑精神破巢而出：王阳明前面有陈白沙的"小疑则小进，大疑则大进"；王阳明之后有李卓吾的"咸以孔子之是非为是非，故未尝有是非"。王阳明虽明，终究仍是在时代里滋养出来的好品种。

走出洞穴，这夜无星，我却似回到中学教室，忆起老师的脸、同学的脸，原来，一切仍在心里，而心，确是唯一的所有。

却是爱悦荡子

　　从香港搭机到贵州，再转三小时车到千户苗寨，沿途大雾，不，简直是巨雾，能见度不足一米，路窄道弯，我不断提醒司机："小心！小心！"初时司机尚赔笑脸，其后，脸黑了，不瞅不睬，或是觉得我在侮辱他的丰富经验。

　　唯有识相沉默。瞄向窗外，偶尔雾淡，隐隐约约窥见山容，峰岭不高，但起伏有致，似在跟我的眼睛玩捉迷藏。赏雾宜在山间，城市的雾过于阴森，使人觉得危机四伏，仿佛又一波金融风暴即将爆发，或会有恐怖袭击之类。山间的雾却有灵气，忍不住想象仙呀、妖呀、神呀、鬼呀的存在，而就算是妖和鬼，都是可歌可颂的传奇，只可亲，不可怕。

　　千户苗寨在贵州东南的雷山县西江镇，西江源头在云南，经贵州，经广西，延绵两千多公里。车内我忽然想起胡兰成于战前有《郊原赋诗》的句子，"古道斜阳老妇耕，山城少年正点兵，西江不比潇湘水，援瑟偏多杀伐声"，兵气接王气，也接书卷气，他出入其间，开展了多变而多议的一生。或许生命历程跟江河相近，弯曲多变始是丰富精彩，问题只在于你受得了受不了，能够熬到最后一站，回望前尘，便有许多故事可说可忆，这才是真本领。

这区的苗寨范围不大，矮房子沿山错落而筑，比香港的高楼大厦更似堆堆累叠的积木。站在客栈阳台上，隔江眺望，似乎伸手便可捡起其中一块端到掌里把玩。千户苗寨已是观光景点了，入园要买票，但广东人可以打折，因为广东商家在这里投资，据说苗人感恩优待。

在此逛荡，虽然是旅游淡季，仍嫌烦吵；反而晚上店户统统闭门，走在石板上，再在木房子之间的巷道里行走，格外感受阵阵宁静与苍凉；尤其迎面而来有苗女肩上扛着竹篮，手里用汽灯照路，影子拖得绵长深邃，仿佛从昔日不知名的时空走来。

我是来了又走，她们却走来走去仍在巷间，一代走了换一代，却又似根本未曾更换过任何人。时间被定格了，遇见一代一代的旅客，告别一代一代的游人，她们却仍在此长驻。马尔克斯《百年孤独》里的马孔多镇岂不亦是如此？幽灵与活人不离不散，直至有人打开了宝盒，风卷残云，灰飞烟灭，原来不管积累了多久多深的恩怨情仇，总有一天仍得退场。

此番有一位二十岁出头的俊朗青年同行，我发现苗族女子纷纷偷看他，所以又想起胡兰成说的，"自古江山如美人，虽然敬重圣贤，却是爱悦荡子"。苗人、汉人、什么人都跟历史相同，对的，都一样。

其实亦是酸汤鱼

　　"下一顿不要再吃酸汤鱼了！"这是吃了第五顿酸汤鱼后我对自己许下的承诺。然而，下一顿来了，我的筷子又伸进酸汤鱼的锅里。天气太湿寒了，不吃不成，鱼汤的酸味总能在心理上或生理上驱走寒气，实在抗拒不了这诱惑。

　　酸汤鱼是云贵菜系。每道土产名菜必有故事，酸汤鱼的故事是有一位苗族女子被众男追求，她把众男找来，端出一碗酸汤鱼，看谁能够耐得住酸味便嫁给他。耐酸，是有耐力，或许同样心理上的和生理上的，都要有。这故事的另一个版本是酸汤鱼由众男所弄，各弄一碗，比谁的最酸，由女子试味，冠军者即可以洞房花烛。

　　今天吃酸汤鱼早已不用比赛，纯粹是吃。汤里有番茄和白酸，也分为红酸和白酸等各种不同的酸；汤里用鱼亦有区别，几顿下来，终究江团鱼最鲜最嫩。餐桌上除了它，当然尚有蹄髈、糍粑、白笋等其他菜色，但仍以酸汤鱼为主菜，吃得差不多了，来碗米饭，浇上橘红色汤汁，一口气吃完，打算再来一碗，可是为了健康，止住了。

　　从贵阳到龙场，到千户苗寨都离不开酸汤鱼，抬头看见饭店招牌，十有九家以此号召，但吃来吃去却是一家没有招牌的最为美味：在苗寨山边，须爬上五六十级石梯，窄窄的门户、矮矮的寨房，只有四五张桌子。如果在此经营饭店要领牌照，我猜这必是"黑店"。幸好，店黑而食材不黑，老板个子小，五十来岁，绑条小马尾，前看后看都是个老文青。聊起来，果然是画家出身，湖南汉子，十年前常来写生，干脆定居下来，租了山上房子，学习烹调，开个小店，悠闲过完下半生，亦是一种对个人负责的大志。

既是小店，菜色选择不多，老板站在桌旁替顾客把食材下锅，眯起眼睛，叼着香烟，江湖味道十足。但餐厅角落有一张木桌，桌上铺开宣纸和搁着毛笔，江湖味外又有文人气。我想起王韬诗句："异国山川同日月，中原天地正风尘。可怜独立苍茫里，抚卷聊看现在身。"不知何故，在山城小寨遇见舞文弄墨的人，心里感受的不见得必是宁静，反而往往冒起淡淡的萧瑟感觉。人其实亦是一窝酸汤鱼——焖着，滚着，麻木地被吃着。

肆 一

Side A —　　　那人那事

中国人是很现实的民族，不一定功利，仍然有梦想、有远见，但心底深处最爱最喜的仍然只是一些能够让自己感到亲切的东西，不怕它小，只怕它远；不图它大，只恋它的细致动人。

最后的贵族

贵族

贝聿铭是华裔建筑设计大师，但穿着打扮，甚至五官神态，都是西方式的轻松自在，不似其他一些大师般，老是皱起一张苦大仇深的脸，个个都像一尊百年苦难的木刻雕像。

贝聿铭的嘴角，永远笑眯眯，一对眼睛更是，嗯，用洋人的说法便是，"有天使在跳舞"，满是纯真和乐观。这其实是善良的表现，仿佛是，不仅时刻在心里想着各式幽默创意，自己逗自己笑，更分分秒秒在思考如何把别人逗笑，让彼此的笑声相乘，令生命的快乐变成双倍。

所以贝聿铭并非只是个大师，他是个可爱的大师，而可爱就是魅力，男人的 ageing gracefully（优雅地老去），他是最佳代表。

纯真不等于天真，如果贝聿铭天真，恐怕不易取得肯尼迪纪念图书馆的设计权。这工程当时有三位候选设计师，肯尼迪遗孀轮流参观他们的办公室，其余两人用一贯的作风接待，办公室员工平日是怎样便怎样，不装不扮，纯以作品意念见人。贝聿铭呢，作品意念固然高明，但亦花了心思迎合肯尼迪夫人的典雅品位，要求所有下属在这天特别注重仪容和谈吐，用他自己的话来说便是："言谈要像贵族，因为她确是美国社会的贵族。"肯尼迪夫人被深深打动，觉得像在跟"自己人"对话，有了共同语言，有了信任，一切好办。

贝聿铭本身当然亦是中国贵族，其家族"富过十五代"，代代出人才，对中国历史有着如此的建树。虽经历了些波折，但到底是乐观的人，尤其根源于苏州的江南世家，当悲剧过后，依旧一派云淡风轻，再不计较。八面玲珑，对人、对事、对历史，江南子弟都有这样的特性。网上有不少贝聿铭访谈，最精彩的其实是由内地名嘴曹可凡主持的那辑，两人用上海话对谈，吴侬软语，多少历史沧桑尽在其中。

而，俱往矣，最后的贵族告别人间，尽管建筑长留，记得昔事的人终究少之又少。

愧对大师

有很长的一段时间我都以为贝聿铭的粤音是"贝律铭"，真是惭愧，唯当知道有不少同辈人跟我一样念错了，始觉释然。或许因为他的堂妹贝聿嘉是本土名人，曾任家庭计划指导会的总干事，经常露脸提醒"要用安全套"，我的中学老师亦曾读错她的名字，少年的我听后，荷尔蒙攻心，遂有难以磨灭的幻觉。

后来知道了是"聿"不是"律"，也多听了一些关于贝大师的家族世事，深觉他是遥远的传奇，可他又仍是活生生的人物，感觉有些诡异。对于一些大师级人物，因为太"大"了，"大"到你往往不敢相信他们跟你一样同时活在地球，这绝非心地不良，刚相反，是无比的敬仰，把活人错认为亡者，有时候是最高的崇敬。

世上或许有一种尊崇，叫作：以为他早已不在人世。贝聿铭（注：贝聿铭于二〇一九年五月去世）是其一，另一个好例子是米兰·昆德拉，他今年九十岁，生活在巴黎，因久享盛名，许多人如我还真错认他已是过去式的文学史人物。

对于建筑美学我是彻底外行，只读过若干谈及"贝氏风格"的文章，例如香港著名建筑设计家冯永基早于四年前已写《愧对贝聿铭》，谈及贝大师的香港遭遇，记忆深刻，此时重温更觉感慨。冯永基先谈外国人如何欣赏贝氏建筑，然后道："反而在香港，却是两种截然不同的景况，贝先生为香港设计的第一件作品，是一九八二年建成的新宁大厦，在二〇一四年已被清拆。它的消失也许还不及一间老字号结业的惋惜或曾灶财先生的涂鸦被清除而让人难过。西九 M＋大量购藏曾氏的墨宝，却不愿意为这位国际建筑大师做点事情。"

往下写，冯永基论及中银大厦的美学成就，说："遗憾的是，部分香港人太过迷信，未能接受它利如刀锋的三角造型，更有人认为大堂的室内设计过于冷酷，似墓穴，风水师乘机穿凿附会，形容中银的尖角是破坏风水的格局。"

一九九二年，冯永基在贝聿铭的建筑事务所工作，曾问贝大师会否在香港再显身手。贝聿铭的回应是："香港的发展商爱聘用我做设计，却不太爱我的设计。"简简单单的一句应答，里面同时有着美式幽默和中式无奈。

是的，愧对贝聿铭，但我猜他应不在乎——否则，太看得起香港的发展商了，不是吗？

李敖

李敖式言谈

闻说李敖先生病情严重，躺在病床上接受治疗，没法说话，而这于他，痛苦程度恐怕不逊于病痛对肉体之折腾。

李先生能言善道，健谈，超级健谈，无论是骂人还是说笑，对他来说都是最大娱乐，我常猜他视自己为"理想听众"，懒得理会坐在眼前的人是否听得懂或愿意听，反正只要能够说话他便感到高兴，自己听自己的声音，自娱已很快乐。

年轻时的李敖曾经撰文，戏言一个人的棺材应该跟其外形和性格相衬，胖子的棺材应是椭圆形，以便容纳隆起的大肚皮；他自己的棺材应装设喇叭，以便死后继续说话和骂人，而且能够让大家听得一清二楚。昔日戏言身后事，当一切近在眼前，回忆前言，难免倍添哀伤。

李先生喜欢说话自娱，而自娱的最高点是把别人驳倒。几个人同桌吃饭，他叽里呱啦地妙语连珠，自得其乐，可是一旦发现有人不专心聆听，或听了而不回应，他总主动出言挑衅，或挑拨或挑逗，问这问那，务令对方说话应对，好让他有机会抓住话题，滔滔不绝地说上半天，直到在座者皆表折服始肯罢休。

"尊前作剧莫相笑，我死诸君思此狂"。李敖大师，了不起。

我倾河海哭先生

出租车驶近桃园机场，早上十一点半，手机传来讯息，"李先生去了"。

又去了？这是我的第一个反应。过去半年听过类似传闻不下七八遍了，不知道从何而来的流言乱说李敖病逝，刚开始我总马上向家属打听，得到的回应都是"李先生好好的，别听谣言"。之后，便不紧张了。吉人自有天相，何况李先生是奇人，是怪人，是高人。

但过不到一分钟，又来讯息，再来讯息，不断来讯息，四面八方的朋友皆说此事，也都说是来自荣总的官方发布。看来是真的了。于是轮到我发讯息，给李戡，只写一句，"节哀，如果在香港有什么我能做的，告诉我"。

到了桃园机场，犹豫了两分钟应该改签航班，赶回台北探望李敖家人。终究免了。一切既成定局，无谓打扰添烦，去者已去，生者恐怕还需时间安静心情。过去半年一直探寻机会到医院看望李先生，但他说过不见客，不见就是不见，除了极少数的几位。那么唯有遵命。而我刚好在台北跟台湾交响乐团有个《龙头凤尾》的朗读合作活动，尽管无缘见上李敖最后一面，但在其离去之日，终究跟他身处同一岛上，亦算是一种温暖的凑巧。距离我跟李先生首回相见，整整三十六年了，来到这一天，他人生梦醒，我亦李敖梦圆，漫长的一段缘分之于他必只是芝麻绿豆的小事，但于我，因曾有过生活方向的关键铭刻，难免多有感慨，在飞机降落香港机场的刹那，泪水终于流下。

李敖先生的告别仪式已在台北完成，亦有追思会，香港这边也有。我本想写挽联，但因才疏，怕失礼于李先生泉下，算了。记得鲍觉生曾撰自挽："功名事业文章，他生未卜；嬉笑悲歌怒骂，到此皆休。"或跟李敖处境暗有契合。而马叙伦之挽杨度，更适合供我援引借挽：

"功罪且无论，自有文章惊海内；
霸王成往迹，我倾河海哭先生。"

是为记。是为念。是为追忆。

李敖图书馆

不少人去过台北市敦化南路 1 段 306 号 12 楼了。金兰大厦，四十年的大楼，气派是气派，却是老式的那种，坚定不变，像十二楼那户的主人意志。主人，是李敖，他只偶尔住在这里，这里只是他的书房、他的办公室、他的会客室、他的独处思考的秘密花园。

来过这里的人必震惊于藏书的丰富，不算"井井有条"，欠缺妥善的分类摆放，幸好书房主人有个大头脑，只要是亲手上架的书，都记得位置，要找出来的时候，两三秒钟即告成功。三十六年前初来此地，站在书架前，我问李敖："以后，嗯，这些书怎么处理？"

我说的"以后"，便是三十六年后的今天，当李敖已经不在的以后。

李敖当然听得懂，耸肩笑道，以后再说吧，还早呢。那一年他才四十七岁，我十九，在青春幼嫩的我的眼里，他已属"老年"，应已想到以后的事情了。

闻说李敖前几年生病时有过"散书"计划，不知道后续如何。如果不是全部捐出或卖出，其实不妨把李敖书房弄成文化景点，开放参观，让人有机会在没有书房主人的时空里感念书房主人的魅力。

是的，明白的，极不容易，市值昂贵的房子甚难长期原封不动，但是否可以先用最精密的摄影器材拍下最细致的内部面貌，例如3D或VR或360之类，然后另觅地方，设立一个名为"李敖书房"或"李敖图书馆"的文化公共空间？踏进书房，打开墨绿色的大门，有玄关，玄关之后便是书架；中央是客厅，厅的左边有张书桌。客厅的另一边有张长桌，桌上摆书；尽头有另一张书桌，桌旁有门，推门进去是睡房和厕所，摆满书，墙上挂着几张西洋裸女照，其中有两张曾经陪伴李敖坐牢数年……

在书房或图书馆内，可设置屏幕播放李敖录像和录音，栩栩如生，音容宛在。此议可行，且待有心人。

金庸作品浮想札记三则

金庸的两种读法

原来整整三十年前，香港女作家黄碧云谈过金庸作品。咳，应该说是骂，不是谈。

她论《书剑恩仇录》，说："陈家洛悲壮地'牺牲'儿女情亦是庸俗的'男儿''英雄'感性。也因为这段恋情的陈腔滥调，加上才子的文章，恋情使大众很安心，成为佳话。因为现实从来没有这样简单。"她又说："《书剑》亦暴露了作者和读者的'大汉'心态，整体故事的前提是'反清复明'，'汉'是'忠'的，而'满'是奸的。这种忠奸分明的种族观，不过是幼稚狂热的狭隘爱国主义。"她再说："《书剑》亦是封建伦理观的拥护者，君臣之义、父母之恩、手足之情，全然受到推崇……我无法明白小说人物及观众竟可以接受这样的人生秩序……金庸小说鼓吹的封建意识，重视传统对个人的压迫。"

她说这点，她说那点，黄碧云是如此的不悦与不爽。

我不知道黄碧云其后有无改变想法，只记得当时阅后打从心底冒起连串问号：真的吗？真的如此简单便可打动一代又一代的华文读者？《书剑》的故事，以至金庸作品的其他故事，真的可用如此忠奸分明的逻辑分析到底、一棒打尽？当金庸写满汉、君臣、父母、手足和男女，真的想说的就是这些？而就算作者本来想说这些，读到读者眼里，真的只会跟随作者之愿而拍掌叫好？抑或，读者另有"阅读快感"之源，并正跟黄碧云眼中所见的彻底颠倒？

至少我是这样的。

在我的遥远经验里，读金庸，最有趣味的在于他用丰富的人物和曲折的情节，加上用中文写中文（而非突兀的欧化语句），把我带进各式各样的"两难困局"里，面对最严峻的抉择。满汉也好，君臣也罢，父母、手足、男女亦是，"和谐"从来不易，常有冲突，以大传统、大道统、大道德之名，把个人迫进取舍的死角，而真正在角落的围困里，个人必须在万分焦虑与挣扎的状态下质问自己：你要怎样选？你到底敢不敢选？而无论怎样选，你敢说自己选得对？

由这角度看，"我的金庸"呈现的非如黄碧云所说的"幼稚"和"狭隘"，而刚相反，他是透过主角的焦虑和挣扎而对大传统、大道统、大道德多有反讽。

"两难困局"是真实的却又是虚假的。在历史情景下，困局处处，人间不易，但当书中人在做抉择之际或之后，往往领悟困局只为困局，只不过因为你接受它、认同它，若能登高望远，甚至远离江湖，困局即与你无关。

金庸故事之撼动华人，这或是本旨。

金庸自己的说法

黄碧云三十年前撰文谈《书剑恩仇录》，指故事说的无非是"忠孝节义"的大纲领，"所有人物只以此独一无二的标准来衡量善恶，孝者义者忠，忤者逆者奸，鼓吹的是'封建意识'并'重视传统对个人的压迫'"。

或许是吧。但又不见得全然是。毕竟《书剑恩仇录》，以至其他金庸作品皆以历史为叙事背景，封建时代的封建意识，在那背景下几乎已是必然，但说作者用意或作品效果在于"鼓吹"或"重视"，倒易低估了作者的复杂心意和读者的主动认知。

作者想写的是什么？

金庸自己说过了："我希望传达的主旨，是：爱护尊重自己的国家民族，也尊重别人的国家民族；和平友好，互相帮忙；重视正义和是非，反对损人利己；注重信义，歌颂纯真的爱情和友谊；歌颂奋不顾身地为了正义而奋斗的行为；轻视争权夺利、自私可鄙的思想和行为。"

如此复杂的价值观显然不是"忠孝节义"所可网罗，即使勉强笼统地归纳到这四个字的大招牌下，其中亦有不少裂缝和褶皱，甚至常有冲突和矛盾，而正是冲突和矛盾驱动了情节张力，并引发阅读过程里的快感和愉悦，把读者迫到某个处境，不断叩问自己，何时应该顺从，又何时应该违拗。甚至某些金庸作品会在"忠孝节义"的脉络下用或明或暗的方式反讽，反思"忠孝节义"存在的合理性和荒谬性，暴露了忠孝节义的处处裂缝，以及其他的可能出路。

金庸作品人物丰富，有铁杆愚忠者，有被迫忠诚者，有不屑逃离者，有私心伪装者，有飘然远引者，似难被"忠孝节义"的大帽子一网打尽。压轴的《鹿鼎记》是最佳范例，青楼之子韦小宝，以及他的江湖朋友，以及他的朝廷联盟，甚至皇帝大人，各占其位以谋其私，忠孝节义并非不重要，但往往只是用来谋私的论述工具。生存固然不易，谋私却亦要讲策略，"忠孝节义"至此如同只供玩弄的"游戏语言"，忠者忤者皆没有认真对待。但金庸倒未停笔于策略层面，否则便变成商战或谍战戏了，他反而写出了在各式策略下面的挣扎和抉择，一味效忠的小说闷死人，一味反抗的小说亦甚幼稚，真正动人的是在忠与忤之间的摇摆和怀疑，以及此间的情与爱、义和仇。"舍生取义""鱼与熊掌""忠孝难全"……向来是困扰华人传统价值的两难困局，金庸作品用这困局精彩呈现，打动了几代华人读者，是不难理解的事情。

当然，尚有在这一切之上的天意和宿命，人在其下，常有万般无奈。所以金庸作品于曲折之余另有一股淡淡的悲剧感，不过常受论者忽略罢了。

金庸和他的同代人

传来金庸先生病逝消息的刹那，脑海首先浮现的脸容是匡叔。同代人，重量级，殿堂经典，时代传奇，在生命大限以前像排队一样轮次风流云散。虽说早有长久的心理准备，排到队伍后头的人难免仍感落寞，并且愈来愈落寞。走了一个，又走了一个，江湖急寥落，弦声渐息，散席的瞬间是最苍凉的瞬间，总得重新调整适应。

未几在网上见到访谈，匡叔说："剩下我一个了，哈哈哈！"笑声依旧爽朗，但我猜，里面未尝没有悲怆。

之后我又想起胡菊人先生，远在加拿大，闻说健康状况时有起伏，不知道现下可好。他比金庸年轻九岁，曾经主理《明报月刊》，是查先生的左右手，1981年转到《中报》担任总编辑，金庸跟他长谈挽留，却亦明白他的大志，给他忠告，新老板绝非可靠之人，万事提防，若有差池，大可回归原地。胡菊人离职前，金庸在酒楼替他饯行，赠其劳力士金表，识英雄重英雄，是文艺江湖的一幕动人景象。

之后我再想起梁小中先生。五年前逝世于温哥华，笔名"石人"，四十年代已在中国内地做编辑，其后来港，又编又写，更曾办报，但三回皆以失败告终。文青时代的我曾经有缘在饭桌旁听梁先生说故事，他曾在金庸手下工作，报馆风云、小道八卦，他所勾勒的老板侧影让我听得津津有味。我还记得那顿午饭临近结束，梁先生执起毛巾抹一下嘴角，提醒我道："世侄，我用一支笔写文章养活了一家大小，几个子女，供书教学，看起来风光，其实写得几乎眼盲。如果有其他出路，你最好别做写稿佬了。多读点书，稿纸以外的世界大得很。"

多年后我弄了个blog（博客），取名"稿纸以外"，根源于此。

那年头啊，真像一个文字的蛮荒世界。勇者前来闯荡，风正萧萧，一支笔是一把剑，虎啸龙吟，各有招式、各有位置。江湖已老，汉子凋零，唯有文字长存，终究代表着笔墨的胜利。

真正的小宝神功

圣诞和新年的长假不出门，打算躺在家里沙发上重读金庸小说。为了怀旧，也为了透过阅读探索自我的改变——成长或堕落。

重读往往等于"心灵重探"，在不同的生命阶段里读着相同的书，年岁和阅历变了，看待作品的视角很难再一样了。像昔日读《三国演义》，最爽快的是感受到诸国之间的合纵连横和成败起落，胜者为王，败者为寇，前者是英雄，后者遭嘲笑，我心中仰望的总是强者；到了中年以后再读此书，始悟原来成王败寇通通敌不过茫茫岁月。

诸葛亮够厉害了吧？机关算尽，却因为忽然吹来一阵阴风或一场暴雨即被击败。关云长够勇猛了吧？最后却因为猪队友而被困、被叛，落得个死无全尸。老后读《三国》，血气不翻腾，反而有了阵阵潇洒，天凉好个秋，原来万事不只由人，真正关键只在于做你相信的、该为的，其他的无须计较。亦忽然明白在宋以朗家里看见张爱玲笔记簿上写的那句"尽我最大的努力，别的就管他娘"，张小姐是聪明人，年龄不大之时，早已想通。

这回重读金庸，由《鹿鼎记》着手，既为金庸也为周星驰，少年时代尚未有星爷杰作，读来只有一层味道，如今有了他的笑脸打底，又多了一层色香味，加上吴孟达和徐锦江，脑袋里，文字与音像齐飞，是迥异于昔日的多媒体享受。至于小说内容，注重的角度亦截然有异，年轻时把情节当作胡闹喜剧，尤其喜欢韦小宝的口才和机灵，也羡慕他妻妾成群，这是我那年代的男人梦想。

年岁愈长，倒愈觉韦小宝其实非常早熟，在他的笑闹里，有着通透的人情智慧，在他眼中，仿佛没有坏人，即使最坏的人亦有其作恶的"不得已"理由，再荒唐的理由亦是理由，只要有办法针对他的理由提出劝说或提供出路，即有可能化干戈为玉帛，以取双赢。对韦小宝来说，人间不容易，好人坏人都有其难处，解决得了难处，坏人会变好；一旦当难处到了某个程度，好人亦可能变坏。老话说"若得其情，哀矜毋喜"，对小宝哥来说则是"若得其情，哀矜毋怒"，有话好好说，万事好商量，用广东话来说则是"留条生路大家走呀"，不必动不动便你死我活地一拍两散。

以前有人谈过什么"小宝神功"，重点在于拍马逢迎、口甜舌滑之类。其实，真正的小宝神功价值在于包容和体谅以及与人为善，说穿了，便是阴阳太极之道，金庸先生所想，无他矣。

邵逸夫和我们的年代

邵逸夫校长

吾辈于少年时代最感好奇的其中一个英语字词是"Run Run Shaw"，看电影时在大银幕上看见，中文名字明明是"邵逸夫"，用广东话来译，再怎么样也译不出这样的英文，回学校问老师，好像是小学六年级的英文课老师，她脸色一沉，道："你也实在太诸事八卦了。"

很明显，她其实也不知道。

但她是个好老师，过了两天，又上课了，踏进课室，她清一下喉咙道："邵逸夫只是他的号，正如陆游，号放翁，他本名邵仁楞，把宁波方言的发音译成英文便是Run Run Shaw了。"说完，老师笑了一笑，洋洋自得。很明显，她替学生查考了答案，而且这位很有幽默感的老师从此把在学校走廊里低头疾走的男孩子们戏称为"Run Run Shaw"，她喜欢把学生喝停，然后调笑说："哗，你跑得比邵逸夫还快啊。"

但邵逸夫先生替香港人带来的当然不止于一个奇特的英文译名和嘲讽的诨号。

他和他的邵氏公司为香港人示范了什么叫作动能强大的"文化产

业"，从电影到电视，从南洋到上海，从上海到香港，从香港到台湾，邵氏帝国版图覆盖远近，替一代又一代的华人观众创造了无数的星光幻梦，用当下流行语来说，邵先生是第一位把香港影视文化产业"做大做强"的文化企业家，由是，成为传奇，势必被一代又一代的华人观众述说下去。

在企业经营以外，邵先生也向香港人示范了如何把赚来的大钱捐献于各式各样的慈善领域，尤其教育，贡献之大、付出之多，至今无人可比。邵先生的名字里正有个"仁"字，仁乃人之本，对于人才的培育与培训，他最看重、最懂、最内行，所以很多大学皆蒙其惠，几乎皆有"逸夫楼"，或"逸夫图书馆"，或"逸夫书院"，或气派，或简朴，无处不在的堂堂建筑彰显了中国文化里培育英才的高远理想。

亦正因为看重人才，邵氏王国多年以来通过训练班形式栽培了无数明星、演员、摄影师、美术师、灯光师、化妆师等演艺界专业工作者。在邵氏旗下企业工作过的人都知道，对于薪酬高低的水平标准，老板与员工之间容有异议，但对于员工在专业专才上的提升，老板总是支持并奖励。早已有人说过"邵氏是影视界的少林寺"，不在邵老板手下工作过，不算英雄，所以后来有些竞争同行皆原是邵先生的下属或助手，师出邵门，不同凡响。"邵氏出品，必属佳品"，其实指的不只是电影，而更是人才。邵先生，其实可以称为华人影视界的老校长。

邵氏与华语语系

邵逸夫先生出身于光绪年间的大门大户，四岁时，枪声一响，民国来了。

成长年代，经历过军阀混战，经历过南北对抗，时局混乱，兄弟们毅然从上海转进南洋，在椰林蕉雨里描画光影彩虹，但事业起飞不久，遇上日本鬼子，唯有低头受侮笑、隐忍就功名，跟敌人周旋敷衍，好不容易熬过了艰辛岁月，重见天日，在香港建立他们的"电影帝国"，构筑了一支无敌影视舰队。

是的，邵氏的或古旧或摩登的影视作品确如一支舰队，有巡航舰，有驱逐舰，有潜水艇，有航空母舰，大大小小，各级兵将皆全，邵逸夫是"总司令"，手持望远镜，眺望远方，带领华人观众在光影汪洋里探索冒险，寻找一片新的天地，让华人观众的"想象版图"变得更丰富、更宽广。在这版图上，我们重新认定什么是新时代的情爱欲望、什么是老传统的核心价值、什么是现代人的身份认同、什么是中国与异国的恩怨情仇。

邵氏作品不仅让华人观众抬头看见大银幕的声光幻影，其实亦引导了他们低头审视自身的生存状况。导演和老板追求的可能只是票房，观众买票入场时期待的可能只是娱乐，然而电影之为文化创作，邵氏帝国之为"帝国"，在论述言说和意识形态上的建构威力其实远超票房和娱乐。过去有许多年头，不知道有多少华人观众透过邵氏作品想象自己与世界的关系，透过邵先生旗下出产的电影有意无意地学做人，学做男人，学做女人，学做中国人，学做商人，学做好人，学做城市人……正是在这意义上，我才称邵先生为邵校长。

华语学界近年不是热衷于"华语语系研究"吗？

从四十年代到八十年代的邵氏作品正是最突出的"华语语系电影"，异音之于正统，从中国台湾到中国香港到南洋雨林，开拓和散播了无数的中国声音。如果没有邵逸夫，华人难免寂寞。

他的现代电影梦

邵氏兄弟源于邵氏父子，邵氏父子源于南洋影片，南洋影片源于天一影业，天一成立于一九二四年，距今九十余载，邵逸夫当时只是一个十七岁少年，眨眼已变一百零七岁人瑞，寿终而去，也带走了华语电影的现代化尾巴。

天一之创，具体象征了"现代性"在中国电影界的落实与拓展，它投资拍摄的电影，不限于热血革命或激情抗战，也不止于帝王将相或才子佳人，而是把大量的都市爱情故事搬上银幕，在种种半虚构半写实的故事里，想象现代中国人应该如何自处、何去何从，亦即，如何开展异音混杂的现代生活并从中自在享乐。天一的电影常被批评为"俗"，但当时所有现代事情无不"俗"，凡摩登的即是"俗"，凡有违官方主旋律的亦是"俗"，邵门兄弟可不吃这一套，俗就俗吧，最要紧的是观众高兴、票房令人满意。

现代性亦展现于空间与人才的安顿处置。天一曾遭其他几家电影公司合组的"六合影业"打击，有了所谓"六合围剿"，失去了院线支持，邵门兄弟自备三轮车，派人把影片用"人肉宅配"的方法送到乡镇，觅地放映，这可能是中国"流动电影"的史前阶段，创意既传统也大胆。然后呢，天一影业换成南洋影片，在蕉风椰雨里觅疆扩土，开拓了南方版图。之后北上，先中国香港，后中国台湾，甚至曾经企图东进日本和西侵好莱坞，让华人的邵氏沾上国际气息。

中文大学的邱淑婷教授写过专文《邵氏电影的日本因素》，罗列详细材料，展露邵逸夫的眼光和口味。邵氏请过不少日本明星演戏，也请过日本摄影师并代表邵氏取得过国际奖，更跟日本公司合资拍过《白蛇传》和其他电影，至于灯光师、化妆师、剪辑师、技术指导、武术指导等工作岗位，更常见日本人身影，枪炮下的"大东亚共荣"是邵先生所痛恨的，他追求的是光影艺术上的和谐共进，如同他说过，"亚洲电影制片业中，日本和中国香港地区都站于领导者的立场，有着不少相同的文化背景，要是有心把亚洲电影发扬光大，中国香港是不能不跟日本电影界合作的"。

多年过去，邵逸夫和他的电影现代化工程从未停步。我常想，如果邵先生能够返老还童，当互联网兴起时他仍只有五十岁，凭其眼光与魄力，必对网络与华人影视之结合做出更大的格局和创意推动。在邵氏影城以外，这是邵逸夫的未竟之功。可惜了。

他的未遂之功

邵逸夫先生享寿一百零七岁，影视帝国雄霸一时，但毕竟有几项未竟之功。然而绝对是"非战之罪"，只是生不逢时，当他老去，机会才至，若他年轻五十岁，凭其眼光与魄力，想必大有作为，再创一番新局面。

其一是互联网上的声光幻影。网络兴起，尤其在台湾和大陆兴起，替流动影像提供了能量惊人的扩散平台，邵氏手里拥有大量资源，如何透过科技平台把资源好好利用，是网络商机的大好所在，亦是有待开拓的影视疆土。年轻时的邵逸夫向来触觉敏锐，亦精于合纵连横，他若仍有精力主理业务，必有突破。

其二是科技特效之于影视制作，大家都知道邵逸夫有"顽皮"性格，年轻时引进科技于电影制作，让华语片在灯光、摄影、化妆、音效等各个技术层面皆曾突变，其事业之每次跃进亦皆跟科技有关。例如先后从好莱坞和日本引进最前卫的摄影冲拍技术，为求突出，不惜工本。如果邵逸夫仍然年轻，面对 3D 模拟之类的先进平台，必亦爱玩，并且勇于大规模投资尝试。

其三是世界市场的开发与介入。邵氏家族有着宁波人的经商高明手段，善于拿捏世局，出手精准，所以，日本人占领南洋时，压不倒他们；国民党高压管治台湾时，他们仍是"自由影业"的龙头老大；到了"大国崛起"的"盛世"年代，邵逸夫先生也以慈善家姿态备受尊重。尽管框框条条仍多，但若年轻五十岁，凭其地位与智慧，只要甘愿，必可再开拓出新的"电影王国"。

　　其四，唉，可惜了，是那在将军澳的邵氏影城，好地好土好建筑，矗立多年，却几近荒废，用途与规模不成比例，如果邵先生正值年轻力壮，亦逢两岸交流开放，把影城营造为主题公园和梦幻乐园，不仅可把香港的文化产业产值提高若干个百分点，更可替全球华人提供一个梦幻天堂，来到这里，把自己亲身投进声光幻影的喜怒哀乐，所有虚拟化作现实，香港始真真正正成为一个"梦幻之都"，将军澳的地皮价格亦必高速飞升。

　　或许邵先生如同所有凡人，不管生前有何成就，不管去世时享寿若干，回看前尘，总仍有未遂之憾。人生难免无憾，谁都一样。

那年代的大志

邹文怀先生也离开了，跟金庸一样，是同代人里的出头者，本为别人的下属，后为别人的老板，自立门户，自起山头，终于替自己和时代开辟了一番大事业。

年轻人现下流行说"不上班，只工作"。邹先生和查先生其实是先行者。从打工到创业，把职业转为事业，做了老板，比先前上班更勤劳、更搏命，但工作变成挑战，而工作，也就等于娱乐了。

创业，需要无比的勇气，邹先生和查先生都是心口写着"勇"字的人，而这个"勇"字又以"信"字打底，是自信的信，深信自己的能力足以开宗立派，遂不服气，并非对别人不服气，只是对自己未能全盘实践能力感到不服气，于是，豁出去了，尽地一煲（粤语中的俗语，意思是背水一战），向全世界也向自己证明实力。既然知道自己可以做第一，没理由甘心屈居第二。

想象一下当时景况：在邵老板手下工作，邹文怀本可做个薪高权大的二号人物，同样能够呼风唤雨，没有明星或导演敢不看他的脸色。但他偏偏逃离这种安全的诱惑，或许是因为自己不想看邵老板的脸色，一人之下依然是"下"，他决心把"下"字倒转变之为"上"，许胜不许败，而他确信自己不会败。如同所有踏进赌场的人，绝对不会认为自己会输。

金庸亦是。凭其人人追读的小说，本可风光万分地在报纸上写连载，再结集，稿费和版税要多少有多少，手里有了钞票，想怎么花便怎么花，完全不用担心每个月的所谓收支平衡。但他偏不，与其替报社和出版社赚钱，不如自己就是报社和出版社，该赚的钱统统收进自己口袋，回报是自己的，风险亦是自己的，这样的人生过得才算刺激过瘾。金庸常被称为"大侠"，其实至少就创业的勇气而言，倚剑闯江湖，确是侠气非凡。

作为老板，金庸和邹文怀的另一相同点在于两个字：用人。倪匡说金庸是"一流朋友，九流老板"，这或许视乎对谁而言。金庸目光锐利，懂得在文字江湖里选拔人才，看中了谁，礼贤下士，薪水不一定特别高，礼数却必比谁都周到，并在报社里替他找个精准的发挥位置，你能做什么、该做什么，他往往比你自己更明白。于是，人才升了，变成人才中的人才，久而久之，亦能独当一面了。邹文怀同样具有用人的气度和眼光，所以他捧谁，谁便红了。小明星到他手里都变成大明星，他是王，也是造"王"者。

金、邹二人的故事超级励志，只因他们怀抱大志，能否从中受益，且看当下后生的个人造化了。

马拉松在等你

　　每年马拉松我都想象：村上春树会否混在人群里面，戴着眼罩，低着头，疾速跑，一直跑、跑、跑，跑向他的终点所在？那些不同造型打扮的跑手，其中一个，会不会是他？龙虾人？蒙面超人？哥斯拉？他该不屑伪装，然而为了跑步而不被他人认出，付出伪装的代价亦非完全不可能的事情。村上先生是有血有肉的人，难免要在现实生活里做些取舍选择。希望他来，期待他来，仅有这样的想象已是非常有吸引力的文学趣味。

　　就算没读过半页村上作品的人，恐亦知道村上春树是跑步铁人。他还替跑步写了专栏，但当然并非跑步指南，而是对于生命之喟叹。为了写作，他要有体能和意志；为了体能和意志，他日跑夜跑誓要跑尽漫漫长路。他常说，年纪大了，必须学懂一件重要的事情：跟时间做朋友，让时间站在你这边。跑步便是对时间和节奏的掌控，有了这掌控，你便有了生命力。

　　村上先生年纪已经不小了，许多作家早已搁笔，他却仍然在写。作品《刺杀骑士团长》读来不算太有趣，却比先前作品都更加隐含个人经验和感叹，例如对于年龄的变化观察（书内出现了好多次"跟时间做朋友"和"让时间站在你这边"的语句）。这小说写一位画家的离奇遭遇，一个有钱人找他画肖像，带出了寻找女儿和追溯往事的百般曲折。上一代下一代，故事本身已有浓厚的时间牵连意味。书内有这样的一段：

"我已经五十四岁了。在我活过来的业界，已经超过生龙活虎的岁数了，要成为传说又太年轻。不过年轻就成为传说中的人，几乎没有任何好处。不如说，我认为那甚至是一种噩梦，因为一旦变成那样的话，漫长的余生只能照样套用自己的传说活下去，没有比这更无聊的人生了。"

听来未免不是夫子自道。

于是唯有继续跑、继续写，努力创造传奇外的一章。——当传奇够厚，便是经典永恒，跟时间再无关系。

对马拉松如痴如醉的村上春树向来不愿踏足日本以外的其他地方，恐怕要花些力气抗拒前来中国香港跑步的诱惑。能够一直坚持不来，果真意志坚强，怪不得能够长写长有。到这年纪了，许多作家早已停笔，他却像老牛耕田般每隔几年便出版一本震撼长篇。意志为王，对作家尤为千真万确。

香港马拉松有一段路极度吸引人：海底隧道。高楼矗立的两岸中间有个海港，岸边有个黑洞，仿佛从海浪里冒出一尾庞大无比的鱼，张开血盆巨口，不发一言却又似唱着深具妖惑魅力的歌，对你召唤，问你敢不敢跑进来。

刚跑进隧道是下坡路，顺畅轻松，光线由亮而暗，像进入了一个不可知的洞穴世界。如果两边墙壁是透明的玻璃，该有多好。大鱼、小鱼在四周游动，当然还有无数的可厌垃圾，但有什么关系呢。跑也好，走也罢，最重要是有路前行，千万别为任何人跪下，生命太短了，不值得接受任何屈辱。

隧道下坡之后便是平坦路，空气必然是差的，这是严峻的考验，你已疲累，平日搭车或开车疾驶而过，听完一首歌已到出口，然而此刻用双脚来征服它，是没完没了的感觉，仿佛永无止境，不管如何使劲都跑不到尽头。你咬紧牙关，告诉自己，快了，就在前头，再坚持一阵便可看见出口，但双脚愈来愈不听使唤，用愈来愈强烈的颤抖来对你抗议。

而往往当你隐隐生起了是否应该放弃的念头，眼前的人潮背影忽然变暗，只因前头有光。但且别高兴，出口是条上坡路，那是终极挑战。你是主人亦是奴仆，自己在心里鞭打自己，只要能够熬到海港对岸就能重见天日，等于有一条无形的红绳等待你俯身冲线。你赢了，没有奖杯、奖牌，只有你给予自己的热烈掌声。

村上先生，这么好玩的事情怎么可以没有你？快来吧，明年，中国香港依旧在等候你。

直面倪匡

好久没见到倪匡先生了，有五六年了吧。可能不止。一直不敢打扰，总觉得他从早到晚都会有人看望和请客，时间排得满满，遂不愿再去占位。几日前在报上看见他的照片，书展出新书，谈往事、说命理，虽是旧作修订重刊，仍必可观、可感兼具新意，我要第一时间买回家从头再读。

倪匡作品曾给年少的我带来无数刺激乐趣，像有人在脑门上敲了一下，对我说："傻子，你不要对眼前人和事物过于认真，试下跳开几步看，外星人、脑电波、平行时空、命运传奇，统统是奇妙生命的组成部分，直接或间接塑造你的认知世界和现实生活，只不过，你目光如豆，只见眼前，不知道自己错过了生命里的多少美好。"

我尤爱读薄薄的《倪匡短篇小说集》，收了十多个小故事，浮世传奇，悲欣交集，既有现代趣味，又有历史气氛，像看了十几部惊心动魄的港产片。记得其中一篇谈三十年代的塘西风月，大概是说，二世祖为讨青楼女子欢心，把大袋大袋的银钱往她身上压，誓要把她压得低头。数十年后，青楼女子变成阔太，二世祖则沦落为厕所守门人，从她手里接过小费。两人眼神交接的刹那，多少旧事憾事，几许得意失意，尽在无言对望之中，时间的褶皱在此张开，却又瞬即合拢。人，只是在衣服褶皱之间被夹死的跳蚤。

可惜没人把倪匡短篇小说再版重出。这批每篇两三千字的创作示范了如何把一个简单的故事说得精彩动听，起承转合，举重若轻，文章出自大师级人物，是该让中学生去读、去想、去学习的好参考。年轻人读来有感，易生兴趣，然后琢磨学习如何有创意地运用文字，如何说好一个生命的 snapshot（简介），这不一定是所谓"纯文学写作"，却必是极重要的"创意写作"，足让学生们在日常生活里实践应用。

把倪匡纳入教材吧。读其文时，亦可讨论其人其想，他的某些洒脱观点和破格角度，展示了如何真正地 think out of the box（打破陈规），不似长辈们的光说不练，或只叫学生做而自己不去做，或无力去做。你可以不同意倪匡，却须面对倪匡，在课室里，集体论之，分组辩之，必是极具吸引力的思考起点。

四十年前，倪匡敲过我的脑袋；四十年后，也让倪匡敲敲当下年轻人的脑袋。八十多岁的倪匡不老，面对他、迎战他、享受他的文字，依然是既好玩也实用的创意学习课题。且看老师们敢不敢促成此事了。

荒原下的女人

我对粤剧是外行中的外行，但对粤剧历史向来读得津津有味。朱少璋编的《南海十三郎文集》，我读了好几遍，其中忆述伶人的漂泊与辉煌，舞台上是戏，舞台下亦是戏，尤其在乱世里，以戏言志，以志救国，种种抉择和勇气使人敬佩万千。

所以当在香港艺术节活动听见资深伶人述说历史，由文字而真身，感受便不止于感佩了。简直是在她们的故事里跳回那段艰难的时空，历历来时路，如临其境。

譬如说，在油麻地戏院听蔡艳香女士话当年，八十六岁的艺坛前辈，出生在马来西亚森美兰州，七岁踩台板，十三岁做正印花旦，游走于南洋各国各城，在母亲的藤条下苦练绝技"四踩砂煲"，伶人的艺术生命在时代变动里脆弱不堪，她在一层层的砂煲上却稳如泰山。其后在港组班，《十三妹大闹能仁寺》是她首本戏，传奇的高升戏院里曾有她的传奇身影。

这一夜，蔡女士戴着洋派的红礼帽，穿银白色外套、湖水蓝长裙、白鞋，肩上搭了一条碎花围巾，撑着拐杖，中气十足地对数百名观众细说前尘旧事。台上还有李奇峰先生，同样是伶坛前辈，两人对话，一唱一和，左一句"承蒙香姐关照"，右一句"多谢奇哥看得起"；前一声"失礼大家了"，后一声"我只是当饭吃嘛"。伶坛礼数便是江湖礼数，离开舞台了却仍得守住，这是入了血的老规矩，狂妄的人行不了万年船。

香姐曾经投资拍电影，男女主角都是当时得令的花旦、小生。奇哥则想出"随片登台"的招数，在电影播映前或后由花旦、小生站在台上演唱折子戏以娱观众。他们也领过戏班走埠登台，一日五台戏，用今天的话来说，便是非常专业的"创意文化产业经理人"。

奇哥其后移民美国做生意，香姐继续授徒行走江湖。之前我引过张爱玲《传奇》序里的一段话，其实尚有另一段，她在上海看戏时感悟："蛮荒世界里得势的女人，其实并不是一般人幻想中的野玫瑰，燥烈的大黑眼睛，比男人还刚强，手里一根马鞭子，动不动抽人一下，那不过是城里人需要新刺激，编造出来的。将来的荒原下，断瓦颓垣里，只有蹦蹦戏花旦这样的女人，她能够怡然地活下去，在任何时代、任何社会里，到处是她的家。"

望向在舞台上同样怡然坐着的蔡艳香，我隐隐觉得，张爱玲见过的时代和社会，亦是香姐的时代和社会，更是现下的时代和社会。任何时代，都是争气的花旦们的家。

老总，我交稿了

　　作家陶然先生猝逝，七十六岁，不算年轻人了，但在没想到的时刻以没想过的方式离开人间，对谁来说都是遗憾的事情，而对于坚持创作的人来说，犹有额外的惘然。——尚未完成的作品仍在等待呢。你去了，你的作品也去了，静静地躺着，你的生命有了结局，你的作品却无。

　　大概每两三个月会接到陶然先生的一通电话，非为别的，只为约稿。每次都是匆匆聊聊便匆匆挂断，不是他匆匆，是我，因为来来去去我都只能回应相同的答话，自己觉得愧疚，不好意思聊下去。

　　什么相同的答话呢？他以编辑的身份赐电，我以作者的身份应答，当然就是约稿和推搪。大概就是："家辉兄，有没有文章给《香港文学》？给一两篇吧，长的不行，短的也好，写写吧，嗯，好不好？"他的声线低沉而沙哑，我猜他是烟民。

　　我的应答大概总是："没办法，真的抱歉，最近仍在闭门写长篇，一动笔，便写不了其他文章，连每天的几百字专栏亦感吃力。"

　　他通常干笑两声，通常用一句"好吧，有空写文章，记得传给我"做对话终结。

　　有好几次倒不是这样的。陶然出个题目，说《香港文学》策划什么什么专辑，希望我参与支持。听来是不错的主意，我一时心动，答应了，甚至说了具体的交稿日期，结果放了鸽子，于是他又打来催稿，我满声歉疚地要求再给个两三天，结果仍然放鸽子；他竟然又打来，再打来，打到我无法不接电话，硬着头皮正式说："别等了，交不出来了。"陶然又是干笑两声，温文地说："没关系，下回，下回。"

　　他真是有耐性的人。或许是编辑责任所需的吧？又或是他的本来性格？我其实与他不熟，只能猜测。早已知道他是印尼华侨，二十世纪六十年代回北京读书，七十年代来到香港，从此留在此城做作家，做编辑。

　　陶然先生去后，近两日读了一些年轻文友的贴文悼念，都感恩于他曾约稿鼓励。对于初出道的创作者来说，编辑不止于编辑，更是引路者，如同在漆黑隧道里遇见的人，对年轻人说：往前走吧，坚持下去，前面会有光。引路者不一定身影巨大，但他曾经伸手带领，或拉你前行，或推你一把，那种厚实的感觉——除非你是凉薄的人——否则不会轻易忘记。

　　这八百多字并非陶然约我写的，也只能算是无奈地还出的"稿债"，并郑重地说一声，"老总，失约了，对不起"。而我终于交稿了。

民国才女与大银幕

萧红忽然红了起来，已有一部《萧红》上映，另有一部以《黄金时代》为名的萧红传记亦在拍摄之中，民国才女，薄命红颜，透过声光幻影重现于二十一世纪的国民面前，既是怀旧，亦是猎奇，相信对提升普罗百姓的"文学意识"不无裨益。

但我暗暗好奇，为什么至今仍未有人把张爱玲传记搬上大银幕呢？小屏幕的电视剧倒是早已有了，但拍得不好，拍得过于婆婆妈妈，实在有辱张小姐的果断英明；真希望有人尽快把这位民国"首席才女"的生平故事拍成一百二十分钟的好看长片，而徐克，或陈可辛，都是我心中的首选导演。

如果要拍《张爱玲传》，如果不担心拍得 too Hollywood（太好莱坞），整出电影的起始场景或可有两个选择。

第一个选择当然是以张爱玲为主导。

前两年有一些出土旧信，收录于《张爱玲庄信正通信集》书内。据张爱玲自白，她晚年经常失眠，怀疑家里有蚤子，故三天两头挽着几个大塑胶袋仓皇搬家。有一回，她坐在巴士上摇摇晃晃，睡着了，迷糊间被一个男青年过来抢走了身上仅剩的几百块美金。她欲哭无泪，呼救无门，只能呆坐在异国街头。这便是非常好的故事场景。电影开始时，老去的张小姐在巴士上受辱，颓然坐在椅子上，无可奈何地望向窗外，窗外市容由九十年代的 L.A.（洛杉矶）渐变成四十年代的上海，一位青年书生在路上向她挥手，示意她下车。老去的张小姐撑起精神疾步下车，镜头一转，回到风华正茂的"盛世"年龄，书生趋前牵扶她的手，她笑看一眼……

第二个选择可以是宋以朗。

其实宋以朗身上拢聚了许多戏剧元素。他是文学家宋淇和邝文美的儿子，留美取得统计学博士，读古龙、琼瑶多过读张爱玲，返港后，从父母手上继承了张爱玲的遗著处理权，好大的一个中国现代文学宝藏就在手边。《小团圆》之所以能够出版，正是他的重大决定。所以，电影开始时，可以拍宋以朗坐在家中床边，母亲去世了，他承接了所有张爱玲的遗物，一封封遗信拆开来看，一篇篇遗稿拆开来读；然后有张爱玲的画外音，透过书信和遗稿重建她的一生，在此过程中，又有宋先生的出现，描述他如何把张小姐的遗作整理出版，如何面对困难和挣扎、挫败与掌声，两个时空穿错交叠，一张张脸孔，看似是眼前人，却又隐约有着旧时影子。

《张爱玲传》是值得拍的。纵地看，凭其家世，透过张爱玲的故事可以刻画中国整整一百年的历史氛围；横地谈，凭其交往，透过张爱玲的生平能够反思一整代中国知识分子的取舍。

梦中人

十八九岁时有一段没上学，也没工作，留在家里，每天清闲，读书写作，过着至今以来唯一的"零负担"日子。

白天家里没人，父亲出门上班，母亲出外打牌，在黄昏来临以前，家中客厅变成我的"书房"，卧躺于沙发，跷起双腿，爱翻什么书便翻什么书，看累了便不知不觉间睡去，有时候执起望远镜偷窥对街行人，隔窗看小贩叫卖；形而上与形而下合为一体，是生命中最快乐的岁月。

睡觉，难免做梦，梦中常现各式人物。我是个多梦的孩子，小时候经常梦游，梦中跟不知名的人打麻将、下跳棋，啥事情都做过。到了青春期，梦中场景更为多样，能说的不能说的，应有尽有，但已没有梦游了，只有脑海影像而没有肢体动作，省下不少力气。

那时候迷上台湾作家的书，故常入梦，作家们现身梦里跟我谈笑论事，梦过白先勇，梦过王文兴，梦过李欧梵，梦过林文月，后来，也梦过朱天文以及张大春。不太记得跟谁做过什么了，只见过梦中的隐约脸容以及欢喜心情，如粉丝见偶像，不，不是"如"，真的是粉丝见到了偶像，影像是假的，强烈的感觉却是千真万确。

还有一张脸容，是张爱玲的，那仰起的脸、那傲气的眼、那浅浅的笑，仍然记得，或因当时看过她的照片所以梦见，日后也常见到相同的照片，故把照中人和梦中人合二为一，就算不是一样，亦当作一样。

阅读张爱玲的起点是《心经》。在湾仔的艺术中心看过荣念曾改编的舞台剧，没有剧情，只是照例地非常荣念曾式地有一群人在舞台上缓慢地从左边走到右边，再从右边走回左边，有音乐，有投影，却没有太多对白。然而仍是令人感动的，有浪漫而哀伤的力量。离场后我亦缓慢地走回家，平日很短的一段路途，忽然觉得好长好长。

看完《心经》，理所当然地往《半生缘》《红玫瑰与白玫瑰》《倾城之恋》的方向探索过去，从此迷途，在张小姐的文字花园里千回百转，不肯走出，并由文字迷上脸容，由现实迷到梦境。好多回于午睡的恍惚里见到她，她朝我笑笑，我很紧张，每回都很紧张，然后，通常转醒过来。那时候买的张爱玲的书多年以来一直在我身边，加上后来的，家里书架有了一个"张爱玲专柜"。她写的、写她的，都有。十年前在香港的一个饭局上遇见几位台湾来客，说正在筹备张爱玲电视剧，我一时慷慨，把几本难得的参考材料借给他们，对方答应要还，过了两三年却未见消息，我忍不住厚着脸皮托台湾朋友追讨，终于讨回部分，心始释然，尽管并未完全释然。此乃我生平首次亦是唯一一次把书借出去了，却仍主动索还，并且是隔山越海地索还，只因，跟张爱玲有关，不可失，不应失。

曾有一段日子我在地理杂志担任记者，专驻东南亚，在泰国、老挝、缅甸、越南等国家之间游走，飞机于我如巴士，并且常要坐在候机室内作漫长等待。所以随身行李里必有一本张爱玲小说集，耐看，不必担心看不下去，不必担心很快看完，随手翻开一页，都可读之再读，如见熟悉的朋友，如有朋友做伴，心情顿然宁静沉着，或可用"舒服"二字形容。像游走得累了，回到家里，见到亲人，最强烈的感受总是舒服。

以前写过一篇文章说某回在旅途中遇见一女子，她约我晚上见面，我心动了，却没去，夜里独躺在酒店床上，不无后悔与遗憾。那是无可救药的滥情与浪漫，却又是惋惜于某种技艺之浪费，如同《红玫瑰与白玫瑰》里那位娇蕊，她与振保坐在阳台，喝茶，调情——"娇蕊道：'说真的，你把你从前的事讲点我听听。'振保道：'什么事？'娇蕊把一条腿横扫过去，踢得他差一点泼翻手中的茶，她笑道：'装佯！我都知道了。'振保道：'知道了还问？倒是你把你的事说点给我听吧。'娇蕊道：'我么？'她偏着头，把下颏在肩膀上挨来挨去，好一会，低低地道：'我的一生，三言两语就可以说完了。'半晌，振保催道：'那么，你说呀。'娇蕊却又不作声，定睛思索着。振保道：'你跟士洪是怎样认识的？'娇蕊道：'也很平常。学生会在伦敦开会，我是代表，他也是代表。'振保道：'你是在伦敦大学？'娇蕊道：'我家里送我到英国读书，无非是为了嫁人，好挑个好的。去的时候年纪小着呢，根本也不想结婚，不过借着找人的名义在外面玩。玩了几年，名声渐渐不大好了，这才手忙脚乱地抓了个士洪。'振保踢了她椅子一下：'你还没玩够？'娇蕊道：'并不是够不够的问题。一个人，学会了一样本事，总舍不得放着不用。'"

就于惘惘遗憾之中，我睡去。

但那夜出现梦中的不是张爱玲，而是另一位远在花莲的台湾女子。

Side B ——　　　银幕记忆

小女孩渐变为大女孩，离开动画片的年代已远，甚至连哈利·波特亦早摆在背后，但猜想她应明白，电影和小说曾经赐她乐观的力量，用隐秘而愉悦的方式"植入"了顽强的信念，更或曾在意想不到的时候帮助过她面对生命里的种种困阻。对于读过的笑过的以及启蒙过的，我们都该感恩。

疗愈系的张国荣

怀念

前两天，在香港，"愚人节"几乎变成"哥哥节"，排山倒海的张国荣，照片、视频、文字，十几年前的心碎和噩梦，今天仍然刺痛和惊吓着许许多多人。什么是经典？经典就是脱离时间而存在的一种真空状态，仿佛飘浮在月球表面，瞻之在前，忽焉在后，随时随地都在。张国荣当年的纵身一跳，不是坠楼，只是跃进了经典银河，定格在里面，供我们无限仰望。

诸照片里，有一种是三十年前的《号外》封面，刘天兰负责的造型设计，张国荣侧坐眺望远方，纯白的背景，似无翼的天使。该期专辑里有许多照片，主打怀旧风，不少是黑白和泛黄的，其中一张是他的半身近照，回眸望向镜头，看起来非常眼熟。

刘天兰抓住了他的英俊长相，透过造型，透过照片，让两人穿越时空而诡异相遇，既跟他开了玩笑，也戏弄了一去便决绝地不回头的时间。

是的，时间。今年悼念张国荣的气氛似乎特别浓烈，当然是对他致敬，却亦可能跟大家急欲回头缅怀那些美好岁月隐隐有关。

时代越是仓皇，难免越想在已被定义的昔日时光里找寻慰藉。那些年，仿佛所有理想即使尚未达成但亦必在前头等待，等我们去追，等我们去盼，等我们朝着目标或快或慢地前行摸索。我们的风继续吹，我们的不羁的风，俊男美女和金玉满堂，像闪闪发光的珠宝在香港的夜空上搁着、晃着，伸手碰不到，但至少能够看见，看见已是满足。

悼念张国荣以至所有人或事物，越来越有疗愈效果。在焦躁的时候，只好想象昔日曾有的点点星光，否则，日子怎么熬得下去？

同代人

怀念张国荣，对于不同的年龄层，想必有很不一样的意义。六十五岁以上的人看张先生，隔了一代，对于张国荣离世的记忆与感受，与其说是哀恸，不如说是深深的惋惜和感慨："眼看他起高楼，眼看他楼塌了"。一位明星的起落明喻着生命无常，没有永恒的璀璨，没有永远的不朽，生命如是，不管是否自断自绝，死亡就在前头，谁都一样。张国荣的荣耀与努力跟他们隔了一层，不在他们的偶像名单里面，故充其量只有悲，没有恸。

三十五岁以下的人呢，张国荣之于他们确是偶像，也就只能是偶像，因为亦是隔了一代，在成长的路程里，张先生已经是天上的耀目亮星，抬头仰望，远远的，像周刊、报纸和童话书里的传奇，看的听的都是对岸的故事，甚至是历史。从他们懂事以来，张国荣已经是张国荣，不是其他，而到了二〇〇三年，存在的张国荣变成不存在的张国荣，死了一位明星，名人榜里失去了一个名字。他们伤心难过，却仍只等同于对人世灾难的诸般伤心难过。

至于在这两个年龄层中间的那一群，亦即跟张先生差不多同岁的那群善男子、善女子，由于跟他一起度过香港的辉煌年月，一起成长，一起打拼，一起见证路途上的种种不平与挫败、挣扎与成绩，张国荣之逝遂如同自身的离散崩坏，那种惊吓与惶恐，虽非确确实实地"切肤"，却是确确切切的痛楚。怎么会这样呢？不应该是这样的。当他跳楼自杀的消息传来并被确认，忽然间，像惯常的生活秩序被打乱了套，像一同出发的旅者忽然少了一人，下车了，或迷途了，召唤不回来，像一位极熟悉的朋友完全失去联络，留下悬疑，留下担心，生者唯一能做的事是尽快接受事实，然后慢慢去习惯事实，承认它，却又惦挂他。

对这一群人来说，张国荣之成为"张国荣"是一段缓慢的养成历程，由默默无闻到大红大紫，由落后于陈百强的"下把"变成香港演艺精神的代表，付出了也收获了，具体而微地映射着这一群人的乐观信念。他美，他爱美，他懂美，他善良，他赞美善良，这一群人看着他变成明星，也陪伴他变成明星，他是可以亲近的梦想，在他身上，凝聚了同代人的岁月记忆，以及笑声与眼泪。

而他毕竟说走就走。把同代人舍弃于后，让同代人错愕悲哭，哭他也哭己身之逝。回不去了，张国荣，还有跟他同代的可怜人间。

冲浪者

内地传媒探问，在"后张国荣时代"里，香港乐坛是何景象？

未免说得有点严重，仿佛张国荣在那年代是独领风骚，创造和主控了乐坛盛衰，一人独大，成为他那岁月的堂堂代表。

当然不是这样子的。一个时代很难由一个人垄断了代表权，所谓时代精神充其量只能透过一个群体予以彰显或索引，群体里的单独个体，各有岗位、各有山头、各有特色，却亦隐隐有互通互近的特征，把所有人合起来观之察之，始可窥见一场时代盛宴的大概轮廓。

所以"后张国荣时代"只具单纯的时间意义，即指"在张国荣去世之后"，亦即二○○三年之后，其实时代如果要变，他在不在，都一样，都会变，并不因为失去了张先生便山颓水涸。

张国荣从出道到死亡之间的二十多年，经历了香港乐坛的两个本土化阶段，先是多元，再是北望，都是关键的时代特征。以许冠杰为首的第一拨本土化于七十年代末已经完成，广东歌正式取代英文歌成为主流，直面本土生活的甜酸苦辣，百无禁忌，替本土认同打下厚实的底子。

然后，香港社会起飞了、香港乐坛也起飞了，一起迈进专业分工的灿烂年华，流行文化产业开始了打造明星的全方位行销策略，影视歌全线发展，替不同的艺人建构不一样的辉煌形象。在此以前的歌星都只是唱唱唱，唱的魅力大于一切，在此以后的歌星则是复合偶像，唱歌虽是本业，但被其他演艺行业的成绩也突出地加了分，像白糖和白奶融在咖啡粉里，怎也分不清楚声音演艺的贡献比例孰轻孰重。

张国荣有成为偶像的所有必需条件，是流行文化产业的宝藏，产业操手亦成功地把他推向亚洲乐坛，他使香港乐坛升了级，"冲出香港"，让香港乐坛忽然"跟世界接轨"，不让台湾的邓丽君和翁倩玉专美。

再往下走，是跟北方粉丝和大腕的接轨。参演陈凯歌电影是关键的一步，是首次有土生土长的香港歌星在这么严肃和被重视的中国电影里担起重任，偶像北上，他代表香港打了头阵，但这仍是大时代的必然趋势，他站在浪头，躬逢其盛，表现虽好，始终不是浪潮的创造者和发明者，即使当时不是他，亦会有其他的他或她，活在人世的背景里，他是特大号的冲浪者，并非兴风作浪的神话英雄。

别忘了，当时的偶像群体尚有他人。各人头上一片天，谁都霸占不了。

发哥无双

无双

有人说《无双》里的周润发是史上演得最出色的周润发。无论就角色还是演技而言，当然皆有讨论余地，但我猜想也不会有人否认这出戏里的周润发是史上最靓的周润发。

《无双》简直是一场"六十型男"的超级时装秀。

《无双》重复出现这样的镜头：低炒镜头下的周润发，一双大长腿，潇洒挺拔，轻抿嘴唇，两边嘴角微翘如钩，即使愤怒，亦见温柔。印象中，周润发入影以来从未愤怒过。戏里的角色要求或许是愤怒的，但他的眼神和嘴型都太柔情似水了，所以再愤怒仍只似是委屈，观众觉得戏中人是满腔苦水吐不出来，压抑到了极点便往暴力里爆发。所以再暴力的周润发亦是让人同情的周润发，即使是《无双》里所演的"画家"。杀人不眨眼，够坏了吧，却亦不至于使人厌弃，观众或许频频在心底感慨，"想不到啊，这个男人这么凶残狠毒"，然后怜惜他、心疼他，替他编织许多没拍出的故事，譬如说曾经吃过无数苦头所以变坏、心灵受尽创伤所以心理扭曲，而总是不会恨他。

何况眼前的男人如此华服丽装。

　　在一百多分钟的戏里，成熟到了顶峰的周润发在镜头前走动又走动，西装、便装、领带、三件套、立领衬衫，黑、白、粉红……说不出的式样和颜色都在他身上出现，或喝红酒，或持双枪，瞬间召唤观众多年来对他的演艺记忆，有时候是许文强，有时候是船头尺，有时候是Mark哥，这戏几乎成为周润发从影以来的"造型总集编"或"形象回顾展"，一幕幕镜头如一幅幅的《Esquire》杂志里的跨页彩照，让数以亿计的"发粉"一次看个饱、看个够。

　　周润发近几年拍了某些导演的某些电影，六十岁的男人像十六岁般跑跑跳跳，幼稚可笑，几乎毁了多年辛苦建立的型男形象，庄文强此番用《无双》把他拯救回来，闻说周润发亦曾主动力争这个角色，也许发哥亦心知肚明，再不发功便将千年道行一朝丧，年纪到了，最后一轮的黄金盛世若不牢牢抓住就回不去了，必须在好导演和好摄影下让观众重新看到他的英雄本色。

　　五十年出一个电影明星，谓之绝代。女版是林青霞，男版是周润发，少有其他。林青霞久未露面，周润发却仍频密演戏，散枪打鸟，总算打到了《无双》这只大鸟。唯一要抱怨的是戏里的"画家"应该少讲一点所谓的人生哲理，型男不废话，否则，浅了俗了，失分了。

周润发的平常

　　第一次现场见到周润发，是十六岁那年，我的十六岁，周润发的二十四岁，他已经演过电视剧《狂潮》《家变》《奋斗》《大亨》《网中人》，已经是第一线小生了，《上海滩》犹未诞生，更美好的黄金岁月犹在前头，他明明白白、清清楚楚地坐在铜锣湾一间餐厅的椅子上，跟两三位朋友喝下午茶，仿佛预知未来将有更大的挑战、更强的考验，忙里偷闲，总要学会轻松。

那天下午的周润发穿的是白色长袖运动衣和白色长运动裤，戴着Ray-Ban墨镜，极高挑的身形，抱胸而坐，下颏微扬，向世界爆发年轻人都有的青春自傲，更何况是明星，任何人看见他，即使不知道他确切是谁，亦可猜到他不可能不是明星。This guy was born to be a star（这家伙天生就是明星），这是我当时的妒忌感受。那天下午我和家人也去那间餐厅吃饭，推门进店即见他，遂被眼前的堂皇影像震慑住了，一慑二十一年。

三十七岁那年再次见到周润发，他四十五岁，正是男人的成熟高峰期，获香港城市大学颁发荣誉博士学位，出席典礼，因我在该校教学，也获校方邀请观礼，算是权利也是义务。典礼其实亦是大学生的毕业礼，耗时长达三个钟头，每年举行一次，但每年我都回避不去，这回参与，竟然不是为了自己的学生而是为了自己的偶像，说来不无惭愧。

毕业礼在大学礼堂举行，台下满满地坐着贵宾和学生，台上则是大学的管理层和包括我在内的二三十位老师。我们都穿上优雅古典的博士长袍，头戴宽帽，正襟危坐。必须承认过程是沉闷的。校监逐一唤名，学生轮流逐一登台，鞠躬，领证，左上右下，重复再重复，缓慢的节奏像催眠的音乐，我偷瞄了其他前辈教授，许多都闭目养神，或低头睡去，有点失礼。但没法子，教授也是人，而且是已经有了一些年纪的人，难敌睡魔。

当然熬到了最后阶段，轮到颁发荣誉博士了，当校监喊出周润发的名字时，全场爆出响亮掌声，教授们亦立即把头抬起来，醒过来了，睁开眼睛看着周先生一步步从台下走到台上，脸带微笑，谦卑地、温和地、慈眉善目地上台领取他应该得到的那份光荣与肯定。

在周润发上台前，我有没有睡觉？不告诉你。我只想告诉你，在看着周先生缓步前进之际，我在脑海里玩着高速回转的影像游戏，暗暗思忆周润发在大银幕和小屏幕上曾经出现的经典造型，或江湖英雄，或街角流氓，或富商巨贾，或白衣侠士，一幅幅虚幻影像在我眼前重叠着周先生的当下实在身影，他的历史，我这年代的观众的历史，从七十年代到今天的香港变迁历史，都被浓缩在眼前这短短几十秒，我的周润发，我们的周润发，香港的周润发。

如果要在演艺界找寻一位"香港之子"，首选想必是周润发。乡村、城市，贵气、市井，辉煌、朴实，种种矛盾的气质情怀和生活方式在他身上瓜葛纠缠，mix and match（混合和匹配），cross-over（交叉），正如香港。微博上前些时候热传一张周润发搭巴士的偷拍照，坐在车尾座位，戴着鸭舌帽，灰白的胡须包围着嘴唇，眼睛望向前方而非窗外，默然，沉静，脸部肌肉没有显露半丝悲喜表情，双手垂下，犹如老僧入定。

网友纷纷留言。真的吗？真的是发哥？他这么有钱，又是国际明星，为什么要搭巴士？为什么单独出行？不同的问号贴在微博上，排山倒海、密密麻麻，如碑林刻字；微博讯息又被流传转发，轮回千度，如蒲公英飘逸四散。

那确是很特别的照片，在红尘闹市的寻常生活里遇见闪亮明星，任谁都会惊喜，而忍不住咔嚓按键把影像拍下，这亦属合理。但如果对香港娱乐新闻稍稍注意，惊喜或有之，倒不至于过度感到意外，因为，这么多年以来，"南丫岛的周润发"本就以亲切性格见知于香港，搭地铁四处走、蹲在大排档打边炉、穿着拖鞋到九龙城买菜、排队等候看中医……所有你我他都会做的事情他亦乐于亲身去做，见惯不怪，香港人早已习以为常，或许内地网友平日看到的都是内地明星的超豪架子和排场，不敢相信周润发的屁股会坐在巴士的座位上。这等于一辈子没遇见好人的人，不管碰见谁，难免都先假设对方是大坏蛋。

闻说周润发近年有两项最沉迷的嗜好：摄影和抄《心经》。前者是视觉艺术的追寻，后者乃心境艺术的修炼，两者不无融通。观乎周先生的巴士照，照片中的他挺直腰板，双目半闭，也真有几分打坐寻禅的幽远意境，莫非那时那刻他正在心里默念《心经》？巴士之于他便不只是交通工具，而更是人间的修行，坐在红尘之中而不为红尘所动、所惊、所惑、所魅，搭巴士如斯简单的行径便又变成修行实践。以平常心做平常事，对于像他这样的背景和身份来说，尤为困难，故遂尤为值得面对考验。

至于巴士上的其他乘客，处境或可相同。遇见了大明星，既然他不扰攘、不惊世，大家便也无须骚动、不必过敏。他在修行，你也可以修行，以平常心看待平常人，"相敬如宾"，也就够了。

香港是容得下平常心的城市，繁华仍未过尽，却已享受平常，如周润发，正是香港精神的最佳映照。

李安的节制

李安很喜欢把文学或漫画作品改编成电影，也很擅长这些，每回把文字转化为影像，总能抓住关键的起承转合，不多也不少，恰如其分地呈现和诠释原著的动人精神。他仿佛先扮演医生角色，把身体解剖，检查了每个细节和细节之间的关系，掌握了所有脉络，然后变身为考古学家，根据握在手里的断简残编，具体重建昔日王朝的本来面目。

个中关键当然是"节制"——约束导演的无上权力，抗拒诱惑，不让自己无限膨胀，不把意念强加到原著头上，而只是利用影像把作者意念带到观众眼前。

但必须说的是我仍很不满意《色·戒》的终场败笔。几个男女被七十六号特工抓住了，被绑赴刑场，跪在地上，哭哭啼啼如台湾电视剧常见情节，彻彻底底地有违张爱玲的沉着性格。张小姐看了，想必哈哈大笑。

幸好《少年派的奇幻漂流》没有重复画蛇添足的过分发挥，回到了李安本色，诚恳谨慎地依循原著逻辑把一个故事好好地说，华丽而不渲染，奇幻而不散漫，尤其末尾，男主角面对镜头说出了历险经验的另一个版本，仿佛冷静地牵着观众的手，一步步走到故事的另一个出口，推开另一扇门窗，然后说，该你了，听完故事，该你自己做出选择，信谁不信谁，信这版本则如见天堂幻景，信那版本则似堕入无间地狱，我只是说故事的人，权利到此止步，接下来的权利，属于听故事的你，由你决定，一念天堂一念地狱，悉听尊便。

这亦正是原著小说的动人所在，很流行的小说，很浅显的小说，却以奇幻起始而以残酷终结，仿佛有了结局却又没有结局；语音落处，仿佛听见一头孟加拉虎犹在咆哮。

李安很幽默，拍《卧虎藏龙》后说"每个人的心中都有一把青冥剑"，拍《绿巨人浩克》后说"每个人的心中都有一个绿巨人"，拍《断背山》后说"每个人的心中都有一座断背山"。他曾道，这样的句式非常好用，也很吸引人，所以忍不住一用再用。如今拍了《少年派的奇幻漂流》，拍了那头奇幻老虎，恐怕亦会忍不住说"每个人的心中都有一头孟加拉虎"，人心之幽微喑哑，连自己都难以想象或不肯承认。

原著小说早已成为许多美国中学生的阅读材料，书末索性附录了十多道问题，帮助读者讨论书中真义。很多老师其实也可借这部电影提升学生的英文阅读兴趣和能力，反正有现成的指引题目在手，省事。机会难得，错过自误。

老灵魂

芳华

冯小刚的《芳华》在香港算是冷门电影了，戏院里，有一小群观众看来是核心文青，另一群呢，应是五十岁以上的中年人，忙里偷闲，恐怕他们平日极少买票看片，但这一回不太一样，非关导演大名，而只因戏里有他们的青春岁月。

电影背景是二十世纪六七十年代的内地文工团，因缘而生、因缘而散，过程里却有不灭的感动和激情。爱情的、友谊的、义气的、背叛的，所有人性挣扎都在里面，而且都是发生在年轻时。当然不管什么年纪都有爱情、友谊、义气、背叛，但青春岁月的一切才最深刻。生命貌似几十年，其实掐头去尾，最深刻的一切都发生在三十岁以前，在白纸上有了第一笔的色彩，无论明暗，都是原始烙印，后来的都只是变调。primitive（原始的），是最难忘的基石。

文青来看这电影，最大感受或许是猎奇，如同内地观众看《岁月神偷》或《不了情》之类会感叹："呀，原来香港有过这样的日子！"但同坐于场内的中年人，想必多了一重怀旧感，即使未曾经历文工团，却亦经历过那时代的仓皇转折和天翻地覆的变化，旧的去了新的来了，无人知道前景何在，唯有被迫放弃手里仅余的安定，闯海南、闯深圳、闯上海，带着一把眼泪、一把鼻涕前行，再在眼泪和鼻涕里展开财富暴增的笑脸。

但财富再多，回首前尘仍然难免唏嘘，青春唤不回了，又以为早已忘掉，未料到被冯小刚的影像突袭，多少张似曾相识的脸孔都在银幕上展现，虽只是虚构的小说和电影，却又似曾活生生的遭遇。影像里，有自己和忘了七七八八的年轻友伴，像招魂般，纷纷重现眼前。

所以戏院里，星期六的晚上，座上响起窸窸窣窣的擤鼻声音。是谁在哭泣？都是苍老的灵魂。新香港人也有他们的旧梦，梦已远，宛如昨天，老灵魂毕竟也会受伤。

值得流的眼泪

《芳华》说的是六七十年代的中国时代转折，转呀转，转到了八十年代，该发财的都发财了，唏嘘化为欢笑，尽管笑声的底色可能仍然有着斑驳的伤痕。

作为外地人如我，却不无幸灾乐祸的阴暗，但又可以倒过来说是温暖的安慰，当看到文工团解散那段，男男女女分离在即，都喝醉了，哭得一把眼泪、一把鼻涕，仿佛世界末日就在前头，我忍不住暗笑，在心里说：别哭了别哭了，幸好文工团解散，否则你们一辈子留在原地，二十年后变成被时代抛弃的老干部；解散了，你们便可走南闯北，二十年后，改革开放大潮中，你们大部分人财富剧增，你们是要什么有什么啦。

　　生命里有许多事情从事后回看，都像黑色幽默，原先以为悲惨的，虽或仍是悲，其后发展却未至于惨。许多时候，不只不惨，反会让你庆幸有当天的悲，悲是不能不付的代价，世事毕竟没法尽如人意。一位在深圳经营地产暴富的朋友说，七十年代离开河北家乡前夜，左邻右舍前来送行，饭后，抽烟喝酒，没人说话，忽然，有人发出了第一声哭，马上传染开来，所有人哭成一团，他父亲还几乎哭到心脏病发作。很难忘，朋友说似乎连家里的狗也哭了，趴在门前，耷着头，双眼噙泪，望向他，嘴里发出"呜，呜，呜"的浅声悲鸣。

　　朋友先去海南，混了几年，再到深圳，几年下来已发财，再几年，又发了大大的财，把父母兄弟，乃至表亲们都从河北接往南方。母亲笑说："幸好当年我没勉强把你留下，当年流的眼泪都是投资，值得呀。"

　　生命或许像一关又一关的谜语挑战，每次解谜的困扰或快乐皆是如此真实。值得与否，不必计较了，反正做人只能向前，唯有催眠自己，相信每一步都是好；就算不如预期中的好，反正做人没有如果也回不了头，亦是唯有继续催眠自己，相信眼前一切就是你所能拥有的一切了，舍此之外无其他，面对它，享受它，是唯一的明智做法。

　　而这样的明智，等于善待自己，不跟自己过不去，在自我信任的幻梦里，我们朝前走，不焦急，你很快便会有好运的人生。

胡金铨

两类武侠片

许多人说胡金铨拍的武侠片有"禅意"，浅白地说，便是"空"。如露如电，梦幻泡影，到头来，无论恩有多深、仇有多重，都是自己的心魔作祟。看不破，诸物皆有恩有仇；一旦看破，恩仇都只像风中芦苇，不是风在动，不是芦苇在动，只是，你的心在动。

若把胡金铨的电影跟同期的张彻的电影相比，更觉如此。

张彻也拍了一堆武侠片，男雄女将，独臂双枪，什么人物和功夫都在他的镜头下展现，血肉模糊，尸横遍野，拍完一部一百分钟的电影，通常淋了一百桶道具狗血。在张彻作品里追来逐去的各式英雄或奸人，展现最强烈的感情是一个"恨"字。或为情，或为权，或为财，都有不同的愤恨的原因，像在心底装设了一个强力马达，自动运转，肉身只是"恨"的盛载装置，被愤恨驱动，身不由己，非用最激烈的行动，否则无法把恨消解，而到了消解之际，便是一切结束之时，大银幕上打出"剧终"，灯光转亮，观众离场，有着看完一场体育赛事般的痛快。

胡金铨的电影有恨，有仇，有恩，也有报，所有武侠片该有的情绪动机它都不欠缺，但他比其他导演更感兴趣的毋宁是这一切背后的意义。

他经常用空茫的远拍镜头，以及演员的迷惘的近摄眼神，以及剧情的悲伤转折，引领观众直面一个关键问题：当恨仇恩报结束之后，我们还剩什么？我们变成什么？所有的杀来宰去，真有意义？然而，如果不杀来宰去，又意义何在？

"死去原知万事空"，是陆游老去的临终领悟。但对胡金铨而言，人来人往的龙门客栈是空的，飞来逐去的侠女义士也是空的，不必等待死亡现身，仅在观看或思考死亡的过程里，已知一切皆空。人的悲剧往往在于明知道是空却无法停止"追空"，而一辈人，自己的生命，别人的生命，就这样无奈消耗。

如果用张爱玲的语式来描述便是，张彻电影是壮烈，胡金铨电影是苍凉，而壮烈是完成，苍凉，则是启示。

胡金铨虽是新派大导，却同时是旧式文人，对画艺和文学皆有造诣，言谈幽默风趣。他曾找台湾作家张大春紧密合作，一起看景，一起读剧本，甚至曾把随身多年的一个测量镜头赠给张大春，个中自有"传钵"之意。但张大春婉谢不收，因为自觉不是做导演的材料。有一回，两人在郊外看景，在山林深处竟见一泡人粪，张大春正欲骂"三字经"，胡金铨却笑道："拉屎的这位老兄还挺知道风雅。"

又一回，他问张大春有没有兴趣写写吴三桂，张大春说："没兴趣写小人。"胡金铨回道："满世界都是小人，不写小人，你还能写什么呢？"

既然大小皆空，多写写、多拍拍，也真倒无妨。

"前导演"时期的胡金铨

看完胡金铨的回顾电影，开车回家路经九龙塘，瞄一眼"香港创价学会"旁的几间简洁平房，心里"叮"了一声，又想起了一些怀旧故事，于是对坐在乘客位的身边人说，这里便是胡金铨在"前导演"时期住的地方了。

"哦，住豪宅？"身边人表示惊讶。"尚未做导演已经这么有钱了？"

我笑道："有钱个屁！那时候他是七个人住一个大房呀！"

那时候，是二十世纪五十年代末，尚未有所谓狮子山下精神，南人北人，因为不同的理由移居香港，为的就是"揾食"两个字，小城落难，相濡以沫，千方百计为的就是求生存。当时这地段是一幢旧式花园洋楼，楼高两层，四五百平方米，宽敞是宽敞，问题是住了十几人，各占或阔或窄的住宿空间。这地段是界限街107号，在一九五三年的旧历除夕子夜，住在其中一个大房间里的七个汉子，跪地焚香叩头结拜，并且自称"七大闲"，因为大多失业或只是半就业；七个男人，七条光棍，有高有矮、有胖有瘦，当时若能留下照片或录像，自是难得的历史镜头，如文艺片的剧情，经此一拜，从此惊动江湖。

"七大闲"的老大是冯毅，柔道七段高手。老二是喜剧演员蒋光超，亦是胡琴圣手。老三是李翰祥，大大大导演。老四是马力，京剧界"南麒北马"马连良的四子。老五是沈重，后来做了电影制片。老六是宋存寿，又是大大大导演。老七便是胡金铨，同样是大大大又大大大导演。七个人，挤在平房的一个大房，房里有四张单人床，四张双层床，因尚有空位，经常让南来北往的朋友借住。同是香江沦落人，在那年头，有福未必能同享，有难却总可同当，无所谓。

七条汉子，分工明确，据李翰祥于多年后回忆，沈重是管家，大家把房租和家用交给他，休想再由他手里借一毛钱。宋存寿记账，马力做菜，胡金铨有时候也露两手弄个家乡河北的红烧肘子。蒋光超扮演"娱宾"角色，唱唱歌、拉拉琴，也懂自嘲，自号"蒋一秒"。

蒋光超的叔祖父是蒋百里，保定军官学校校长；大伯是曾任台北故宫博物院院长的蒋复璁，姨丈是张艾嘉的外祖父魏景蒙，做过蒋介石的新闻局局长。说来巧合，蒋百里和胡金铨的六伯父以及沈重的祖父曾是死党，感情跟结拜兄弟一样好。没料到时光流转数十载，后辈们亦果真成为拜把手足。

胡金铨的家世亦非等闲，祖父曾是山西巡抚，他自己在北平汇文学校读高中，但未毕业，转到华北人民大学，又未毕业便南下香港，最终做了国际名导。

空中少爷胡金铨

胡金铨于一九五〇年从北京南下香港，前朝少爷，小城重生，在成为国际大导演以前有过不少起落。

刚来港的胡金铨曾在半岛酒店长住，非常阔气，但只是个空心老倌。

原来他在九龙重遇老同学王大勇，王的父亲是"中国航空公司"香港站总经理，在半岛酒店租了一堆房间，专供空中小姐和少爷过境居住。胡金铨凭着老同学的关系，冒充空中少爷，占住了其中一个房间，后来，胡金铨的靠山倒了，只好被迫到北角的旧楼做回老百姓，亦被李翰祥嘲笑为"半空中少爷"。

住在北角的胡金铨，手提袋里还有一些美金，本可正正经经做些小生意，但他心急发财，竟然相信一位上海朋友的投资计划，甚至说服了同住的其他三人一起投钱，岂料朋友携款而逃，去如黄鹤，他在旧楼里坐吃山空，唯有马死落地行，踏实地打工去也。

胡金铨的第一份工作是在嘉华印刷公司做校对，某天，他在英文里校出一个错字，胖经理却说那字正确，胡金铨不服气，翻出英汉字典证明自己无误。胖经理更不服气，干脆一脚踢他离开公司。胡金铨又失业了。

之后，胡金铨跟蒋光超合组过广告公司，承接海报油画之类，但未几即倒闭。又曾替有钱朋友的孩子补习英文，补出了口碑，接了大堆学生。最后，朋友知道他的画技不错，介绍他到长城影业做美术，从此，入了影圈，由美术而副导，由副导而正导，终于导出了《大醉侠》《龙门客栈》《空山灵雨》，创造了自己的艺术世界，但没想到六十五岁却死在医院的手术台上。——一代武侠名导死于手术刀下，亦是一种"求仁得仁"的文学隐喻乎？

十年一觉杨德昌梦

杨德昌电影回顾掀起了小小热潮，文青们都在追捧，或许曾在计算机屏幕上看过若干了，但是大银幕上的震撼终究不一样，这是所谓的"电影装置论"。踏进漆黑的戏院，不动如山，抬头望向庞大的影像，银幕变成大脑皮质，声音从四面袭来，把你直接推进梦境，梦里不知身是客，电影效果始可渗入你的每寸皮肤毛孔。小屏幕是河，大银幕是海，后者始有汹涌波涛。

你的电影梦、杨德昌的电影梦，你和他在梦里隔世相遇。

我是杨德昌的资深戏迷了，他的戏我都看过，从二十多岁看到五十岁，先在戏院，后在屏幕，河与海兼得。近日的回顾展本想再去看，但，服老了，已难再在电影院一坐两三个钟头，腰骨酸痛先不说，甚至只要一熄灯，冷气强劲地拍打眼皮，不到十分钟，眼睛已经闭上，呼呼地，进入自己的梦乡，而这梦，再跟杨先生无关。

好导演的好作品，自有生命史，分开看是一回事，连着看又是另一回事，像《牯岭街少年杀人事件》里的少年主角，喜欢拿着电筒到处乱照，找寻生命里不可告人之秘密。他常说"事情没这么简单啦"，仿佛处处危机，成年人的世界隐藏了太多的恐怖。到了二十年后的《一一》，有位少年喜欢拍照，挂在嘴边的一句话是"事情没你想象中的复杂啦"。

走过岁月，杨德昌不一定云淡风轻，但他戏里的孩子，却慢慢是。

前两天早上起床，林奕华传来短信分享金燕玲的几句回忆："我觉得他最希望通过这部电影传达的，是大家能够勇敢做自己，有自己的信仰，做一个诚实的人。"是啊，诚实地拍、诚实地导、诚实地做梦。而诚实亦必意味单纯，因为只有虚伪者始要耗神编造谎言，那并非生命力，而只是生活的噪音。

见过杨德昌几回，都在一堆人的应酬场合里，印象里他是那种只要有超过五个人在场便不愿说话的男子，只喜沉默地听，有时候专心，更多的时候是左顾右盼，或低着头，构思着自己的梦境。有一回，好像是艺术中心的饭聚，荣念曾把杨德昌带来，大伙聊得高兴，杨却显然不耐烦，拿笔自顾自地在餐纸上画公仔。我伸长脖子八卦一下，问是画分镜吗？他说只是乱画突然在心里涌起的一些人脸画面和场景，画像线条能够带动思考。我笑道："Henry Miller（亨利·米勒）说过'对作家来说，打字机是春药'，原来对导演来说，画公仔才是春药。"他也笑了，笑容纯直如孩子。

去世十年，杨德昌仍在我们的梦境。

告别小丸子

　　《樱桃小丸子》是"80后"和"90后"的童年流行读物，但"60后"甚至"70后"的许多人对漫画和卡通里的男男女女、老老少少亦不会感到陌生。只要家里有孩子，尤其是有女孩子，小丸子的可爱笑声和纯真脸容必亦在生活里常有现身，尤其那首噼里啪啦噼里啪啦的主题曲，即使多年以后，仍偶在耳边回响着。歌声和笑声里，有你们的昔日欢颜。

　　小丸子"加入"我们的家庭已是二十世纪九十年代的事情了，小女孩当时仍是小女孩，我趁暑假带她从美国回到中国台北，满街满巷都是小丸子的卡通形象，小女孩的阿姨送她一个日式红书包，我笑道："太大了吧，她还未上学呢，这书包预示了她未来的读书路途艰辛，不吉利啊。"

　　来自花莲的阿姨却道："不会不会，书包不一定只用来放书，也可以放玩具，玩具就是快乐的回忆。"

　　她说得也对。书包像生命，快乐的、艰难的都有。我们一家那时候都是文青，日常对话亦文艺腔十足，不似过了某个年纪，言谈内容都只关乎美食、健康、旅行，甚至有时会关乎死亡。

　　印象中所有亚洲女孩都像小丸子，只要扎起两条小辫子，只要穿起吊带小红裙，只要背起红书包，加上走路时蹦蹦跳跳，像个不断滚动的陀螺，那便像。可是，不见得每个小女孩都有小丸子的好运气，在学校受到欺负，跟朋友斗气，跟家人冲突，被老师责备……不管生活里遭遇多少委屈和不快，总有和解的机会，应该在一起的人仍然在一起，应该宽恕和被宽恕的人仍可以开心共坐，生命里没有永远的仇恨，没有，确实没有，在动漫世界里，所谓想象人生并非没有挫败，只不过，任何挫败皆可纾解，雨过之后必有彩虹，艳阳灿烂，雨后的阳光更为明媚。小丸子想传达的讯息，不可能不以此为主、为准、为提醒。

小女孩渐变为大女孩，离开小丸子的年代已远，甚至连哈利·波特亦早被摆在背后，但猜想她应明白，动漫和小说曾经赐她乐观的力量，用隐秘而愉悦的方式"植入"了顽强的信念，更或曾在意想不到的时候帮助过她面对生命里的种种困阻。对于读过的、笑过的以及启蒙过的，我们都该感恩。

尖沙咀商务印书馆旁有张长椅，上面有小丸子的画像。下回经过，跟她问声好。她的母亲不在了，才五十三岁，有点早，但有什么办法呢？一切由天，这亦终究是大女孩该学懂的事情。

我们与美颜照片的距离

　　《爱尔兰人》的老男人们个个回春三十年，脸容由老年变中年，肯定羡煞不少整天忙着医美打针的人。

　　如果现实能像电影，多好啊。按两个键总比打两支针来得安全和轻松，每天早上起床，梳洗之后，换上衣装，走进一个像更衣室的小房间，墙上有个键，按一下，或两下，若嫌不够，再按三四下，依照年龄意愿决定按键次数，房间有面镜子，射出一束光线，在你脸上轻轻扫描一阵。Done。你已回到少女时，紧致的肌肤如丝柔滑，白里透红，于是，你可以欢天喜地出门去见地球上所有的人。

　　关键二字在于"出门"。其实自从有了各式美颜软件，只要你不出门，回春尽在弹指之间。把手机镜头高高举起，面对自己的脸，不必选择角度了，只要咔嚓按键，拍了再说，之后你喜欢怎样修图便怎样修。长的、宽的、大的、小的，一张脸，以至整个躯体，好像一团面粉般由你搓揉。图像里的你便是理想中的你，自给自足，你是自己的造物主。

　　自给自足之后，却不只是自看自乐。修图之后，把照片贴到网上，与众同乐，赏心悦目，替世上的观看者或偷看者创造另一番幸福。当然咯，这里说的"乐"可以是很复杂的感受。看了喜欢，固然是快乐；但有时候的快乐来源在于"因为你快乐，所以我快乐"，作为朋友，想象你因美颜照片而心满意足，我随喜，便也替你觉得开心。只要你喜欢便好了，真不真实，有何相干？生命苦短，最重要的是懂得令自己高兴。如果漫长的生命有办法由一刹那、再一刹那的快乐时光拼凑而成，谁都没权阻止你，更没资格批评你。这是你的生命，一切由你做主，谁想飞扬便去飞扬，谁管得你那么多。

只不过，好奇仍然是有的：把美颜回春照传上网后，难道不再出门见人？难道真的从此活在手机里，只用屏幕跟世人沟通，不让任何人有机会接触到你的血肉之躯？一旦见了真实的人脸，本已认识的朋友应该如何反应？是继续恭维，花花轿子人抬人，互相吹捧美言，抑或是装作无事，仿佛一切没有发生，不谈半句你和美颜照片之间的强大距离？

至于新相识的朋友，尤其因为网照而接触并见面的人，一旦发生"货不对板"，会否惊吓得掉头疾走？我猜应该不会。因为，对方很可能亦是用美颜照片向你展示，反正，你按的键对方也按过了，大家是同一类人，谁都没权嫌弃谁。

美颜软件肯定是当代的十大发明之一。我们与美颜照片的距离越近，或许，人间越能充满喜悦，一切心照不宣，生命，快乐多了。

我们爱的终究是 *Man*
而不只是 *Superman*

　　亨利·卡维尔明明是英国人，长相却有八分似美国佬约翰·特拉沃尔塔，都是下巴尽头有个深深的穴位，都有低压眼睛的长长浓眉，都有深深的像在对你说话的迷离眼神，轻轻浅笑时，也有酒窝，两人确实相像；在看《超人》电影时，前世今生，我仿佛重见三十多年前初出茅庐时的少年舞神。

　　所以罗素·克劳的角色应该改由肥约翰去演，先不谈演技，仅是造型扮相已可增加八成说服力，尽管这样完全对这出戏的整体水平没有任何提升帮助；是什么片便是什么片，不管从任何角度去看、去谈。

　　把《超人》电影拍成科幻片，注定失败。《超人》故事之所以吸引人，除了因为大家永远渴望有超人救世，更重要的理由是，故事背景有着"人间张力"，可以让读者观众将之看成文艺片。超人以报社记者的身份混进人间，戴着眼镜，当危难出现，冲进电话亭变装，又红又蓝，内裤外穿，伸直双手飞上天空，用眼睛发射电光穿墙破壁，虽可抱着女朋友去天际漫游，但当脚踏实地时，有口难言，结结巴巴，必须努力把身份掩藏……正是如此伟大与卑微的对立碰撞令超人故事变成戏剧，牵动我们的好奇、满足我们的幻想，所以我们才长爱超人。

我们绝对不是爱上他的能力、他的肌肉，我们爱的，主要是他如何以超人身份来跟人间相处。这是最困难的所在，亦是最动人的所在。超人也是人，所以仍有个"man"字，我们爱的正是这个部分，而不是"superman"。

最新的《超人》显然拍错了焦点。把文艺片变成科幻片，虽然仍有暧昧的爱情，重心却始终是星际宇宙的家仇爱恨和父慈子孝，实难让观众看得入味。可是，话说回来，新一出《超人》倒有新意，它把故事的惯常开头弄成了电影结尾，经历过家仇国恨的血腥厮杀，超人回归人间，选择做记者，到报社上班，第一天，跟同样是记者的女朋友面对面，交换了一个会心微笑，一切心照不宣，你知道，我知道，我也知道你知道，你更知道我知道你知道，心灵百分百交流——在女朋友眼中，超人从此变成一个没有秘密的男人。

没有秘密的男人，有多可爱？抑或，有多不可爱？

没有秘密的男人，光明磊落，事无不可对人言，自是一种可爱魅力，但问题是，这样的魅力不容易持久持续；光明磊落的另一个说法或是"一眼看穿"，如无遮无掩的房间，从门外望进去，或直接坐在房里，一眼望尽，再华美的装潢陈设亦易让人于转眼间感到腻厌。

而男人的秘密像挂于房门外的帘子，或竹，或布，或素色，或有图，长长的、窄窄的，悬在那里，风来了，微微飘晃，构成了视觉的想象风景，而当有人走过而掀动帘子，更如扔石进湖，牵动了春水荡漾，在人的身影浮沉里，总有哀喜情事。

　　懂得欣赏男人的秘密，是女人的明智。试探他、考验他、戏弄他，在拆穿与不拆穿之间、在追问与不追问之间、在想听与不想听之间，调戏他，也等于调戏了彼此之间的情爱，令关系添上张力，或许更具有咀嚼的趣味，能让两人同时感觉"历久弥新"。

　　秘密是一种很暧昧的东西，貌似沉静地存在着，却又有着翻江倒海的喧哗能量，在心底，日夜担心遭人揭穿，且又犹豫是否应该先行自暴。掩藏、招供，生活里充满压力却亦充满刺激，远比所谓光明磊落来得勇猛有劲。站在对方的角度，秘密本身往往不是导致伤害的原因，反而，一旦揭露了秘密，伤害始会形成，不知者不罪，不知者也不痛，这并非"自欺欺人"的问题，而只是选择知道，抑或选择快乐的问题。聪明的人都懂得选择，或懂得把选择当作紧握手里的权利和权力，随时可以选择知道，也随时可以选择拒绝知道。所以，你其实也是能量中心，不把谜底揭破，让秘密空间成为想象空间。

　　没有秘密的男人，可敬；有秘密的男人，或许可憎，却又或许可慕。视乎你想成为哪样男人。更何况，让男人保留他的底牌，亦是对男人的一种尊重，不准男人藏有秘密的女人，本身就非常不够可爱，男人应该转身即走。

父救父，子救子

2015 年是丘吉尔逝世五十周年纪念日，"丘旋风"席卷全球，如今加里·奥德曼凭《至暗时刻》夺得金球奖，更是锦上添花，替世纪传奇再添一笔银幕光辉。

俗语说"人怕出名猪怕壮"，对活人而言，是真理，但对死去的人，恐怕刚好相反。不在人间的逝者，愈是出名，愈容易有许许多多不相干的奇闻异趣——通常亦是好事吉言——被无缘无故地跟你挂钩，反正你没法辩驳，就借大名一用吧。而既然是正面的事情，我沾你的光，倒过来亦替你再增加一顶桂冠光环，双赢双胜，何乐不为。

最典型例子是萧伯纳、马克·吐温、狄更斯等几位作家，多年以来在坊间流传的无数励志金句都被说成出自他们之口，但有英国学者查考了，百分之七十纯属伪托，百分之二十只是他们引述历史名句，余下的百分之十才是他们原创。这些作家，白赚了九成。

丘吉尔亦有类似待遇。例如他于战后发表败选感言，引述古希腊作家普鲁塔克名句"对他们的伟大人物忘恩负义，是伟大民族的标志"，久而久之，许多人认定此乃丘氏首作，给他多鼓了几次掌。

另有个广泛流传的小故事亦甚有趣。此事有不同版本，简化如下：

一名有钱人路过乡村，马车意外坠坑，幸被一位贫穷农夫救起。有钱人问农夫："我有什么可以报答你呀？" 农夫说："我儿子想读书，没有钱。"有钱人二话不说，长期资助他的儿子入读最好的学校，多年以后，孩子终成大器，就是发明了盘尼西林的弗莱明。到了二战末期，丘吉尔生病了，幸被适时出现的盘尼西林拯救了生命，而丘吉尔之父正是当年供养弗莱明读书的有钱人。

太扫兴了，曾有弗莱明传记指出这非事实。但，我就偏要选择相信这是事实。因果报应，本就可以如此简化得没来由。只要相信，它便存在，丘吉尔和弗莱明应都不会介意。

探戈不停步

脸书上看见贝托鲁奇之丧，眼前立即迷蒙。当然不是滴泪，不至于这么滥情。为的只是电影，一对眼睛变成一张银幕，看过的，未能忘，贝托鲁奇电影里的善男子、善女子，老的、少的，庄严的、轻浮的、俊俏的、艳丽的，在视网膜上如魂魄般飘浮。演员和导演一样，会老会逝，但因为有了电影，他们都在认真的观众脑海里活着，直到观众亦已不在人世。

难忘《巴黎最后的探戈》里的翩翩起舞。初映时我只有十岁，无缘在大银幕上体会戏里的疯狂，其后有了录像带，我在似懂非懂之间被影像深深震撼：在音乐和舞步里，人就是兽，没有了自己，也没有对方，有的只是在血管里奔流的荷尔蒙不断撞击，所谓文明的最底层不外如此。这是弗洛伊德学说的胜利，马龙·白兰度是他的代言人。

到了《末代皇帝》，懂的比不懂的多，深宫情仇，在漫长的历史悲剧里，大家都似无路可走，却又其实每一步都是自己的选择，主子或奴才，成或败，一步之间，可以是天堂，也可以是地狱。而无论选择的是什么，主子或奴才，成或败，都能够自圆其说找到解脱的理由。贝托鲁奇说的是溥仪的故事，却又何尝不是芸芸众生与世人。

到了《戏梦巴黎》，我四十岁了，更不可能不懂了。情节背景是一九六八年的火红欧洲，三位年轻人，影痴，在电影里辨认生活，也在生活里实践电影，贝托鲁奇把经典片段织连成一串色调诡异的珍珠项链，每颗珠子都沉淀着影片中的华丽与苍凉。开场一幕，男主角问初识的女主角是不是出生于巴黎，她俏皮地回答："I was born in 1959 in Le Champs Elysee and my first words were *New York Herald Tribune*."

唉，谁忘得了戈达尔的《筋疲力尽》。杜鲁福把自己写的十四页剧本给了戈达尔，戈达尔在一九五九年用四个星期和四十万法郎拍成了一部改写了影史和许多人命运的新浪潮电影。戏里，珍·茜宝在香榭丽舍大道上高声喊卖《纽约先驱论坛报》，纤细的身躯伫立于巴黎街头，从此，普罗游客依然用高耸的巴黎铁塔来辨识巴黎，影迷游客眼中的巴黎印象却永远是这位短发女子的迷茫背影。——贝托鲁奇用电影跟高达接轨，而我们，用贝托鲁奇跟电影接轨。

七十七岁的电影大师把情欲冲泡成一杯浓烈的意大利咖啡，然后，转身远去，偶尔回头瞄瞄观众有无勇气品尝。探戈永不停步，你随时在影像里寻他，对，他都在，一定在。